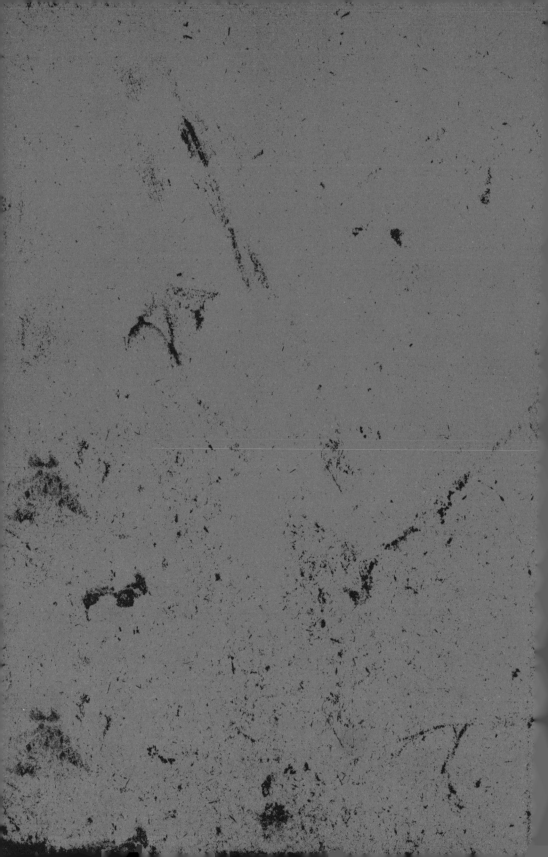

MARCOS DEBRITO

PALAVRAS INTERROMPIDAS

COPYRIGHT © FARO EDITORIAL, 2021

Todos os direitos reservados.
Nenhuma parte deste livro pode ser reproduzida sob quaisquer meios existentes sem autorização por escrito do editor.

Diretor editorial **PEDRO ALMEIDA**

Coordenação editorial **CARLA SACRATO**

Preparação **MONIQUE D'ORAZIO**

Revisão **GABRIELA DE AVILA**

Capa e Diagramação **OSMANE GARCIA FILHO**

Ilustração **RICARDO CHAGAS**

Atores: **ELISA TELLES, PAULO VESPÚCIO, ALAN PELLEGRINO E JOANA SEIBEL**

Todas as imagens foram cedidas pela DeBrito Produções Cinematográficas.

Dados Internacionais de Catalogação na Publicação (CIP)
Angélica Ilacqua CRB-8/7057

DeBrito, Marcos
    Palavras interrompidas / Marcos DeBrito. — São Paulo : Faro Editorial, 2021.
    144 p.

ISBN 978-65-5957-012-6

1. Ficção brasileira I. Título

21-1667   CDD-B869.3

Índice para catálogo sistemático:
1. Ficção brasileira B869.3

1ª edição brasileira: 2021
Direitos de edição em língua portuguesa, para o Brasil, adquiridos por **FARO EDITORIAL**

Avenida Andrômeda, 885 – Sala 310
Alphaville – Barueri – SP – Brasil
CEP: 06473-000
www.faroeditorial.com.br

A vida é um escárnio sem sentido.
Comédia infame que ensanguenta o lodo.
ÁLVARES DE AZEVEDO

1.

UM CÉU HIBERNAL DOS MAIS CINZAS FOI ANUNCIADO pela alvorada de outro dia. A muralha de nuvens abraçava o horizonte cercado de mar e pairava sobre a enorme plataforma de pesca.

A maré subia e descia pelas colunas de concreto como se fosse o suspiro de Netuno. O deus dos mares investia contra aquelas incontáveis pilastras fincadas em seu reino, açoitando-as com o movimento das ondas que rebentavam na orla. Vista de cima, a plataforma assemelhava-se a um gigantesco crucifixo apoiado sobre a água.

Se a quem estivesse olhando para o mar essa alegoria parecesse uma ode ao cristianismo, os que faziam o trajeto contrário — navegando para a terra firme — encontravam o símbolo invertido com seu presságio agourento. Para encará-la como bênção ou maldição bastava um diferente ponto de vista.

Durante o inverno, eram raros os visitantes que surgiam na costa onde o emblema cristão selava o Atlântico. Na praia deserta, perfeita para a solidão, estavam apenas algumas aves marinhas planando no ar e poucos pescadores acordando da embriaguez após a madrugada ao relento.

Distante, um casal corria na extensa faixa de areia. Em passos cadenciados, o par aproximava-se das pequenas formações rochosas que destoavam no horizonte da vasta paisagem litorânea.

Entre essas pedras, tocado pelo vaivém da maré, descansava inerte o pálido defunto de uma jovem de cabelos negros.

2.

CARLOS INVADIU OS ESTREITOS CORREDORES DO Instituto Médico Legal com a força atrevida de uma ventania. O desespero no semblante do homem, que já havia ultrapassado o marco dos 50 anos, destacava o receio de confirmar a identidade de quem ele fora chamado para reconhecer.

Na sala de identificação, diante de um cadáver encoberto, Carlos sentia-se incapaz de autorizar a médica-legista e seu assistente a lhe mostrarem o corpo. Durante alguns minutos, ele encarou o volume por debaixo do tecido e rezou em silêncio para que encontrasse um rosto diferente, de alguém que jamais vira.

Sua coragem permitiu, enfim, um leve aceno de cabeça que, embora tímido, foi prontamente interpretado pelo auxiliar de necropsia como a permissão de que precisava.

O rapaz corpulento, de biotipo apropriado para abrir o tórax dos defuntos com o talhador de costelas, puxou o lençol até a altura dos seios da morta e a revelou.

Carlos, abalado, suspirou com um sorriso ensaiado antes de afirmar com a voz trêmula:

— Não é a Fernanda.

Pela troca de olhares entre os funcionários do IML, aquela não era a primeira vez que um parente desolado erguia o escudo da negação. Em respeito à dor de um pai, deixaram-no nutrir sua falsa esperança por mais tempo.

— Parece com ela, mas a minha filha não tem esse cabelo. — Apontou-lhe os fios escuros. — A Fernanda é loira. Essa menina é morena e tem uma tatuagem no ombro. A Fernanda... a Fernanda mal podia ver agulha. — Engasgou ao engolir o choro.

A tinta preta nos cabelos e o estranho selo gravado na pele branca da garota eram os alicerces de uma mentira na qual ele faria de tudo para acreditar. A médica, no entanto, não podia deixá-lo adiar o procedimento.

— Se o senhor preferir ver os pertences que estavam com ela...

— Não é a minha filha! — atravessou Carlos, como se a firmeza na voz lhe conferisse o prodígio de reverter a fatalidade.

A ingrata função de atuar como a portadora de notícias fúnebres acostumara a legista a receber sem mágoas a agressividade daqueles que viam pela primeira vez um ente querido morto. Com delicadeza, ela insistiu:

— O reconhecimento precisa ser feito por alguém da família para que a gente possa seguir com a identificação e liberar o corpo.

Por mais doloroso que fosse admitir ser Fernanda quem descansava naquela cama de metal, não era possível esquivar-se eternamente da realidade de que ela jamais voltaria a abrir os olhos. A primeira lágrima cortou a expressão abatida de Carlos, acompanhada do ressonante lamento de um pai que acabara de atestar o óbito da sua única filha.

Ao ter a identidade do corpo confirmada, o auxiliar anotou o reconhecimento em um formulário enquanto a médica tentava articular uma maneira de dar a notícia seguinte.

— É importante também o senhor saber que, devido às condições em que ela foi encontrada na praia, teremos que fazer um exame mais... detalhado do corpo.

Poucos segundos de silêncio bastaram para o homem entender por que ela havia titubeado.

— Vocês não vão abrir a minha filha!

— A necropsia é exigida por lei quando a morte é suspeita, senhor Carlos.

O pai arregalou os olhos como se fossem saltar das órbitas. A insinuação trouxe um contorno mais trágico ao drama familiar, e ele não quis arriscar interpretá-la de modo incorreto.

— Como... Como assim *suspeita*?

Antes de responder, a legista autorizou com um movimento das mãos o assistente a expor algo que preferiria não ter de mostrar.

Acostumado a manusear defuntos com a mesma indiferença com que um lenhador manejava os troncos cortados de uma árvore, o auxiliar retirou o braço esquerdo da garota para fora do lençol e apresentou os ferimentos que havia entre o pulso e o cotovelo.

— Esses cortes podem ser indícios de agressão — explicou a médica. — Trabalhamos com a hipótese de afogamento, mas não podemos descartar a possibilidade de homicídio. Certeza mesmo só vamos ter depois dos exames.

Como se o falecimento da sua menina já não fosse suficiente para arrastá-lo ao fundo do abismo, a hipótese de ela ter sido assassinada levaria Carlos até o Inferno. Estremecido, não quis mais escutar. Precisava abandonar aquele espaço de agonia o quanto antes.

— Eu só quero enterrar a minha filha — disse para si, angustiado, mas não demorou para o pedido se tornar uma súplica cercada de choro. — Por favor... Quando é que eu vou poder enterrar a Fernanda?

O sangue dos médicos que lidavam diariamente com aquela situação de completo desespero era mais frio que o dos cadáveres. A legista queria atender a expectativa do enlutado mais por questões de praticidade do que por empatia. Era necessário endurecimento para trabalhar com a morte.

— Vamos liberar o corpo hoje, o mais breve possível, junto com o atestado de óbito para o sepultamento. Mas um dos materiais é analisado na capital e o resultado deve chegar em poucos dias. Só então poderemos concluir o laudo.

Por ora, salvar seu anjo daquele leito metálico, onde ela apoiava as costas nuas, era a pequena vitória que daria forças para Carlos não submergir no mar de desgraças onde sua alma já se encontrava. Queria ele dar a sua vida para que Fernanda continuasse a encher os pulmões de ar. A filha era o que lhe restava, e por mais que tentasse não desabar na frente dos outros, ali, naquela sala fria de azulejos encardidos, deixou romper a barragem das lágrimas que inundou todo o seu rosto.

Nenhuma perda chega emancipada do vazio que aflige os que ficam entre os vivos. Ainda mais se é uma jovem na flor da idade que sucumbe ao inevitável quando deveria ser regada por experiências que a desabrochariam para a maturidade. Terrível era a dor de encontrá-la sem vida, após cultivá-la durante anos com imensa ternura. Enterrar a cria era de uma perversidade inominável.

Ajoelhado sobre seu próprio infortúnio, o homem destruído finalmente ergueu o tronco, limpou o nariz e secou as lágrimas que entornavam sobre suas olheiras encovadas. Encenou como pôde a compostura e olhou para Fernanda uma última vez antes de acenar com a cabeça e conceder a autorização para voltarem a cobri-la.

Ancorado ao guichê do Instituto Médico Legal onde retiravam-se os documentos, Carlos exibia a ruína de um pai marcado pela pior das tragédias.

Foram-lhe entregues o atestado de óbito junto a uma embalagem plástica contendo os pertences encontrados com a filha, e assim ele partiu para que pudesse fazer o velório.

3.

AS ÁGUAS TOMARAM A ORLA COM O ANOITECER. A lua exerce sua influência sobre a maré e o amplo quinhão de areia ficou limitado a uma estreita faixa entre o cimento da calçada e o oceano escuro.

Apesar do balanço das ondas, na plataforma de pesca, o sinal era de trégua. O mar agitado transpunha gentil a cruz edificada em seu território para arremessar contra a orla sua fúria. Parecia uma demonstração de respeito à morte da jovem católica encontrada em seu leito.

Trajado de preto e segurando um maço de crisântemos e rosas, Carlos chegou em seu apartamento depois do funeral de Fernanda.

Após décadas de empenho em um trabalho esgotante que o fizera varar noites em claro, pôde enfim se mudar para o litoral com a família e morar em uma cobertura de frente ao mar.

Rico em bens, sentia-se o mais pobre dos homens. O silêncio do sepulcro calara as risadas do ambiente, e o homem teria que conviver com as lembranças de um lar que já fora repleto de alegria.

No móvel mais próximo da entrada, um porta-retratos recepcionou-o cruelmente com uma imagem que ele jamais veria de novo: Fernanda abraçada à mãe, Lúcia, na praia em um dia de verão.

Com a fotografia em mãos, o homem profanou o silêncio ao soluçar pelo que havia perdido. Sua esposa era uma linda mulher de cabelos ondulados cor de fogo, e a aparência da filha — loira e sorridente com um confortável vestido florido — era como ele a carregaria na memória para sempre. Por mais que soubesse que era sua menina quem fora selada no caixão, a jovem de fios tingidos e tatuagem no ombro ele não reconhecia.

Carlos cruzou a sala de estar até a bancada de granito que a dividia da cozinha e lá apoiou as flores e o porta-retratos ao lado de onde deixara os pertences de Fernanda trazidos do IML. Tomado pelos preparativos do enterro, não tivera tempo — nem cabeça — para vasculhá-los, mas agora, solitário, remediaria sua carência indo atrás de alguma pista sobre quem teria motivos para machucá-la.

De interesse na sacola plástica estavam o celular e a carteira encontrados com a filha no mar. A ansiedade de localizar algum contato que o aproximasse de quem a agredira fez com que o pai buscasse primeiro o telefone, mas o aparelho não dava sinal de vida por causa das horas submerso na água.

Inconformado, atribuiu à carteira uma aura de artefato consagrado que lhe mostraria um caminho. Pegou-a com cuidado e seguiu até o sofá para examiná-la. Entre os documentos ainda úmidos e poucas notas estragadas, puxou um pedaço de papel-cartão que fez seus batimentos cardíacos dispararem; nele estava desenhado o misterioso selo que Fernanda havia tatuado no ombro.

Algo naquele símbolo parecia destilar heresia. Encará-lo provocava em Carlos um extremo desconforto, mas tomou o sentimento como a melancolia de deparar-se outra vez com a mesma marca carimbada na pele da filha morta.

No verso, um inesperado sopro trouxe o fôlego que a esperança moribunda precisava: um número de telefone escrito com a letra da garota.

Seria inapropriado fazer uma ligação para despejar lamúrias a um estranho quase à meia-noite de sexta-feira. Sem querer correr o risco de parecer inconveniente no primeiro contato com um desconhecido que poderia lhe dar respostas, preferiu aguardar até o alvorecer, mesmo ciente de que sua inquietação não o deixaria dormir.

4.

A DEMORA EM ATENDEREM AS INCESSANTES LIGA-ções de Carlos logo pela manhã confirmou a suspeita de que se tratava de um número comercial. Como abriam o estabelecimento mais tarde nos finais de semana, pediram para que ele chegasse perto do almoço, pois a agenda estava cheia.

Determinado a não perder nenhum segundo e ancorado no propósito de buscar as peças que montassem o quebra-cabeça da morte de Fernanda, o homem já estava no local um pouco antes do combinado.

Ao cruzar a porta do estúdio de tatuagem, estranhou que ela visitasse aquele tipo de ambiente. Para um pai habituado a frequentar os círculos da alta-sociedade na capital, era difícil aceitar que sua filha — tão delicada ao caminhar com a postura graciosa pelos anos de ballet — buscasse um universo distinto dos padrões da família. Pensar em sua menina degradando o corpo com agulhas e tinta para gravar na pele um signo claramente pagão a distanciava da bailarina da caixa de músicas que, se ele pudesse, deixaria sempre fechada para que ninguém lhe fizesse mal.

Enquanto o tatuador finalizava a arte em um cliente, Carlos aproveitou para analisar os desenhos emoldurados nas paredes. Caminhou pela curiosa exposição de figuras abstratas entre dragões coloridos, caveiras e tribais. A nuance de cores e o traço minucioso em nada deviam à qualidade das obras de qualquer outro artista talentoso que preferia afrescos e molduras a costas, pernas e braços. Até mesmo o realismo dos retratos de celebridades que ganhavam espaço no couro dos fãs poderia figurar ao lado das pinturas neoclássicas expostas em museus.

Dentre as diversas ilustrações, uma chamou sua atenção: um quadro solitário com a moldura púrpura, destacado do resto em uma pilastra exclusiva para si, encarava-o de volta com seu olhar penetrante. Era o hostil vulto do Diabo, com sua tez vermelho-sangue, chifres pontiagudos como lanças, uma suntuosa barbicha de bode e longos cabelos emaranhados como curvas de serpentes.

Carlos aproximou-se da bizarra caricatura e foi coberto por um véu hipnótico que o subjugou de forma inexplicável ao encanto daqueles olhos demoníacos de duas cores: um castanho e o outro, carmim. Os sons do ambiente foram tomados por uma música sem harmonia que soava apenas na mente do homem abstraído, e o ruído no estúdio cedeu lugar à sonância dos instrumentos infernais que tocavam Tártaro. Uma voz familiar ecoava ofegante, quase muda, distante, chamando-o em desespero. Aos poucos ela recuperava o fôlego e ficava mais alta, até no derradeiro sopro gritar... "Pai!"

— Tá na dúvida aí do desenho, *man*? — O tatuador bateu o isqueiro na mesa para tirá-lo do devaneio e acendeu um cigarro.

Carlos não sabia por quanto tempo estivera disperso. Pareciam ter se passado poucos segundos, no entanto o cliente na cadeira já tinha ido embora e a postura irrequieta do rapaz à sua frente — de tatuagem no peito e braço fechado com tinta — sugeria que não tinham sido poucos os minutos que ele ficara ali esperando.

— Falei com você por telefone mais cedo. Sobre uma jovem...

— Hmm. Carlos, né? Tô ligado. Da mina com a *tattoo* no ombro. Trouxe a foto?

O pai buscou no bolso do casaco um retrato de Fernanda sorridente e entregou-lhe. Ao mesmo tempo que estava ali para descobrir quem poderia ter matado sua filha, torcia para que ele não a reconhecesse.

Por um curto período, essa esperança foi alimentada pela dúvida no rosto do tatuador. Em sua observação apática havia claros sinais de incerteza.

— Não sei. Tinha que ver ela mais... sei lá. Triste?

— Triste?

— Sentou na minha cadeira, fez a *tattoo* e eu não vi os dentes da mina nenhuma vez.

A ideia de Fernanda mal-humorada não condizia com a imagem que Carlos tinha dela. Acostumara-se a encará-la como o fruto perfeito do casamento com Lúcia e dona de uma luz capaz de iluminar dias escuros com seu sorriso.

— Parece que é ela, sim. — Devolveu-lhe a fotografia. — Mas o cabelo era outro. A que eu fiz o selo no ombro era morena.

Mesmo que não tivesse ido ao local para alimentar a crença de que a filha estivesse viva, a confirmação o deixou mais deprimido. Com o papel encontrado na carteira de Fernanda em mãos, mostrou o desenho para ele.

— Foi esse o símbolo?

O tatuador analisou as linhas da figura com os olhos semicerrados, vasculhando a memória.

— Triângulo de cabeça pra baixo com um X no meio e o V embaixo. Esse mesmo. Traço fácil.

— Sabe o que significa ou de onde pode ser?

— Faço nem ideia. Me pagou, eu tô riscando. Pra mim é só tinta.

Sua baforada pro alto deixou uma névoa de tabaco espessa que foi interpretada por Carlos como o ponto-final da conversa. O pai queria sair de lá com algo mais concreto, que o levasse adiante na investigação, mas as respostas não lhe apontaram um norte.

Sendo um senhor grisalho de paletó bege e sapato em couro, que visivelmente não pertencia àquele universo, compreendeu que a arrogância do profissional tatuado era uma arma contra o típico olhar de desprezo que os executivos exibiam a quem decidia marcar algo na pele. E a única diferença de Carlos para o estereótipo do empresário que condenava aquele tipo de arte era que, no lugar da soberba, ele carregava um ar de derrota.

— Por que não pergunta pro cara que veio com ela? — sugeriu o tatuador, ao vê-lo parado em sua frente, perdido. — Certeza que vai saber mais do que eu.

— Ela não tava sozinha?

— Hmm-hmm. — Tragou o fumo mais uma vez e o prendeu nos pulmões por um tempo. — Veio com um marmanjo de camiseta preta com logo de banda. Filhinho de papai posando de roqueiro.

Por um breve segundo, Carlos deixou de lado seu intento de encontrar o assassino para se martirizar pelos segredos que Fernanda escondia. Jamais imaginara que ela pudesse estar namorando, e esse desgosto de estar fora do círculo de confidências da filha foi prontamente percebido.

— Você é o pai da mina, né? — O rapaz decifrou o óbvio. — Nessa idade é assim mesmo. Basta o sujeito ter uma moto e cara de malandro que já é metade do caminho pra roubar a filha dos outros. Só que a moto... isso eu não vi se ele tinha — alfinetou, deixando-o ainda mais curioso sobre quem seria o suposto namorado.

— Chegou a ouvir o nome?

— Nem perguntei. Achei o moleque muito marrento. Com esse tipo de playboy é mais fácil eu trocar soco do que ideia.

A crítica veio acompanhada de uma expressão de antipatia que deixou o interrogador preocupado.

— E... Por que achou ele marrento?

— O maluco ficava apressando meu trampo, fazendo malabarismo com uma daquelas facas borboleta.

— Faca?!

— É... Daquelas que a lâmina vai pra dentro do cabo, manja? Esse tipo de fedelho que paga de valente eu não dou nem trela.

Carlos angustiou-se com a possiblidade de ter identificado a arma do crime. Os cortes no braço de Fernanda podiam ser as cicatrizes de um relacionamento abusivo que a destinara à morte.

A mente do homem transtornado naufragava em um mar barrento que não o permitia enxergar para onde ir. Ensaiava novas perguntas que nunca saíam de sua boca, sem a menor noção de como encontraria o tal rapaz, quando um novo cliente entrou no estúdio, fazendo com que o tatuador dirigisse sua atenção para ele.

— Opa. Se quiser dar uma olhada aí nas artes fica à vontade, *man*. — Apagou o cigarro para ir atendê-lo, mas, antes, voltou-se a Carlos uma última vez: — Um conselho, na moral, pra você não ir embora falando que não te dei nada? Fica ligado nele com a tua princesa. Ele me pareceu do tipo que não trata bem mulher que não dá o que ele tá atrás.

A indireta soprou com força os ares da desconfiança, trazendo a convicção de que o jovem era, de fato, um suspeito.

Antes de sair, o pai, desesperado, virou-se para o quadro do Diabo e mirou de novo aqueles olhos infernais bicolores, como se neles pudesse encontrar uma resposta.

5.

SENTADO EM UM BANCO DA CALÇADA DE FRENTE para o mar, Carlos encarava as ondas quebrarem na orla durante a noite. Cada movimento da maré nutria sua esperança de encontrar uma mensagem que lhe dissesse o que fazer; mas, enquanto não vinha, ele buscava orientação no gargalo de uma garrafa. O uísque descia-lhe a garganta em cascata para afogar a tristeza, porém o malte envelhecido alimentava mais seu inconformismo.

Outro homem, igualmente em luto, decidiu acompanhá-lo na melancolia. Sérgio era o irmão mais novo de Lúcia e desde muito cedo nutria uma vontade irrefreável de servir a Deus. Ingressara no seminário católico logo após concluir o Ensino Médio e, confirmada sua vocação ao sacerdócio, seguira os estudos obrigatórios em

Filosofia e Teologia para ser ordenado. Eloquente e bem-apessoado, tinha assumido uma paróquia no litoral e incentivado a irmã e o cunhado a também se mudarem para lá com Fernanda.

Os motivos da sua devoção nunca estiveram muito claros para a família, mas a decisão fora apoiada por seus pais religiosos, que notavam as dificuldades do filho em socializar com outros garotos da mesma idade.

Ele se sentou ao lado de Carlos e ficou em silêncio por vários segundos, contemplando o remanso das águas até encontrar palavras que pudessem retirar o parente do calvário que ardia em sua alma.

— Ficar olhando o mar assim faz a gente perceber o quanto somos frágeis diante de uma força tão grande. Imagina os desafios que nos aguardam quando encaramos o céu.

Intolerante ao discurso religioso, que não serviria em nada para amenizar sua perda, o enlutado evidenciou um suspiro desdenhoso, e foi rebatido com a delicadeza de um padre atento às inquietações do seu rebanho:

— Deus não fica feliz com a partida de ninguém, Carlos. A morte é uma das consequências do pecado original, mas em Jesus temos a esperança da ressurreição e da vida eterna.

— Sérgio... — interrompeu sem erguer a voz. — Não precisa repetir o mesmo sermão do enterro. Ouvi no da Fernanda ontem e no da Lúcia faz nem um mês. Tô autorizado pelo luto a acreditar que esse Deus que você carrega no pescoço não é essa maravilha toda que você fala.

Não bastasse a camisa clerical e o colarinho romano para ser reconhecido como pároco, o rapaz ostentava um crucifixo de madeira preso a um longo colar. A imagem da cruz na qual Cristo doara Sua vida deveria transmitir paz àqueles que padeciam, mas para Carlos, que havia perdido a filha e a esposa num curto espaço de tempo, vê-la pendurada no peito do cunhado parecia uma afronta tão grave quanto cuspirem nos túmulos de quem ele amava.

— Nem sempre é possível compreender os motivos de Deus — afirmou Sérgio, mantendo a serenidade —, mas nada acontece que não seja pela Sua vontade. Você acha que foi fácil pra mim? Ter perdido minha irmã e logo depois minha sobrinha? Mas nada disso fez eu me desviar da minha fé.

— Você é meu cunhado e eu respeito a sua crença, mas a minha devoção tá à venda pra qualquer um...

— Não diga isso.

— Pra *qualquer um* — frisou, exaltado, e o encarou — que me mostre o caminho do responsável pela morte da minha filha!

Os olhos vermelhos marejados pela ira reforçavam a sinceridade de suas palavras.

Sérgio temeu que o ódio no coração de Carlos queimasse seu espírito e insistiu em levar o conforto divino:

— Nossa confiança deve estar sempre em Deus e em Suas promessas. Quando fechamos os olhos pra esta vida, abrimos para a eternidade. É normal sofrer por um tempo, mas a dor passa e o que fica são as boas lembranças. Acredite nisso e você vai encontrar paz no seu coração.

— Eu não quero paz no meu coração! Mataram a Fernanda. Mataram e a jogaram no mar. Que boas lembranças um pai pode ter sabendo que a filha se foi assim? Que eu não pude fazer nada?

— A gente não sabe de verdade se ela...

— Eu vi os cortes que ela tinha no braço! Se não foi assassinada, foi o quê então?!

Sem saber como responder, o padre preferiu se calar. Por mais que fosse um porta-voz de Cristo, para tirar Carlos do luto era necessário um prodígio; e essa era uma graça conferida somente pelos santos.

Ao ver as lágrimas do cunhado escorrerem, Sérgio despiu-se da altivez religiosa e abriu espaço para seu lado humano poder consolar o marido da falecida irmã. Ele transmitiu condolências ao apoiar a mão direita sobre o ombro do atormentado, que a segurou com força para não despencar nas trevas e desabafou aos prantos:

— Quando me lembro dela daquele jeito, tatuada e com o cabelo preto, não consigo aceitar que era minha filha deitada naquela mesa de ferro. Me pego pensando que ainda vou reencontrar a Fernanda... loira, com o vestido florido, alegre...

Revisitar a memória de como era sua menina — eternizada no porta-retratos da sala com a roupa favorita, sorridente e longos cabelos dourados — juntava à dor da perda o sentimento de mágoa por ela ter se transfigurado em alguém que ele não reconhecia.

Carlos largou a mão do sacerdote para poder enxugar o rosto, voltou a encarar o mar e, abraçado à garrafa, lamentou:

— Não sei quando ela se distanciou de mim desse jeito.

— A Fernanda tinha acabado de perder a mãe, Carlos. É como perder um pedaço do próprio corpo. Algumas pessoas precisam conversar pra superar o luto, enquanto outras se fecham e não conseguem enxergar a dor nem de quem tá do próprio lado.

Mais calmo, porém amuado, o pai respirou fundo e perseguiu as razões desconhecidas que a tinham feito abandonar a confiança nele, a ponto de omitir suas ações antes de morrer.

— A gente sempre foi unha e carne. A Fernanda nunca precisou me esconder nada. E, de repente, de um dia pro outro, nem coragem de me contar que tava saindo com alguém ela teve.

— A Fernanda tava namorando? — Sérgio foi pego de surpresa pela revelação. — Você conversou com o rapaz?

— Não sei quem é... ainda. Só consegui um perfil de como ele se parece e já não gostei. Mas eu vou dar um jeito de encontrar esse sujeito.

O tom de intimidação fez o padre se apossar de um semblante receoso.

— Tem certeza que você quer isso, Carlos? Ir atrás das coisas que a Fernanda não quis te contar pode abrir novas chagas sem que essa tenha cicatrizado.

— Ele anda com uma faca, Sérgio. Esse rapaz pode ter matado a minha filha.

Para alguém desesperado por conclusões imediatas uma coincidência bastava como prova cabal de um crime. E aquela não era irrelevante.

Querendo desviar a conversa para longe do campo de ameaças, o eclesiástico esperou o homem se acalmar antes de lhe confidenciar:

— Ela chegou a te falar que me procurou depois da morte da Lúcia?

— Pra quê? — Estranhou mais outro segredo.

— Pra conversar sobre a mãe, relembrar os bons momentos, assumir a saudade...

— Mas ela podia ter feito isso com o pai.

— O sacerdócio é um estado vocacional sagrado que nos conecta diretamente com Deus — Foi ligeiro em justificar o encontro com a voz empostada na fleuma cristã ao perceber o aborrecimento dele. — Ela tava perdida, sendo seduzida por mensagens contrárias à doutrina de Cristo, e veio até mim pra rejeitá-las. E pelo que eu tô vendo... você tá seguindo pelo mesmo caminho.

Injuriado com a indireta de que sua postura não era adequada à imensa perda que sofrera, Carlos vestiu seu olhar mais virulento e não poupou a crença do cunhado de uma censura raivosa.

— Não é justo perante esse seu Deus que um pai queira justiça pela morte da filha?!

— A Bíblia ensina que o perdão nasce de um amor que não procura seus próprios interesses. E isso, de querer achar um culpado pra se vingar, não passa desse egoísmo que o livro sagrado rejeita. Devemos evitar cair em tristezas prolongadas. Tenho certeza que a Fernanda não gostaria de ver o pai dela assim desse jeito.

Os jargões religiosos enfeitavam a crítica. Encerradas com um golpe emocional apelativo, as palavras fizeram o pai reconhecer sua inabilidade em lidar com o próprio luto, o que o fez buscar consolo em um novo gole e rememorar a sabedoria da esposa.

— A Lúcia ia saber o que fazer. Ela sempre tinha a resposta certa pra tudo.

— Pois então reze a Deus pensando na Lúcia. Converse com ela e se inspire a deixar que a fé seja mais forte que a dor. Como ela fez antes de partir.

Inchado de tanto alternar entre prantos e tragos, Carlos o encarou com mágoa. O pesar extinguira o brilho em seu semblante, e o que se notava em seus olhos era a ausência completa de esperança.

— Invejo o ser humano que você é, Sérgio. Mas prefiro queimar no Inferno... a perdoar quem matou a minha filha. — Encostou o braço nas costas do cunhado, como se o agradecesse por tentar retirá-lo da cova que se deitara junto ao tormento, e as usou como apoio para se levantar.

— Aonde você tá indo? — Estranhou vê-lo partir sem terminarem a conversa.

— Gostei da sua ideia de conversar com a Lúcia.

Sem despedidas, abandonou Sérgio na frente do mar.

O padre, imerso em pensamentos reservados que o perturbavam, mirou as águas com o anseio de que o repuxo da maré levasse embora seus pecados.

6.

DE VOLTA AO APARTAMENTO, CARLOS NEM SE INCO- modou em acender as luzes. Envolto na atmosfera fúnebre, ele andou pela sala em passos cambaleantes até chegar à bancada onde estavam os pertences de Fernanda. O apoio de pedra havia se tornado um altar para a falecida, no qual os ícones da dor descansavam no granito escuro para lembrá-lo sempre do que a fortuna tinha lhe privado. Entre as flores do enterro, o porta-retratos da entrada e a carteira e celular avariados, ele apoiou a garrafa de uísque quase vazia e foi até o quarto.

    Sentado na cama, o homem suspirou antes de abrir a cômoda ao lado e alcançou um telefone no fundo da gaveta. O fio da tomada estava sobre a mesa de cabeceira, mas o resquício de bateria no aparelho foi suficiente para que ele ligasse.

Assim que terminou de digitar a senha de acesso, brilhou em seu rosto a mesma foto de Lúcia abraçada à Fernanda nas areias da praia como fundo de tela. Essa era a imagem preferida da sua esposa morta.

O melhor jeito de se reconectar com um ente querido não era por meio da oração, e sim da tecnologia. Fazer o sinal da cruz e conversar sozinho como se falasse com Deus era mania dos desesperados que não aceitavam o óbito como ponto-final de uma história de vida. Já um celular reunia em quadros fotográficos os melhores momentos de uma pessoa. Rever essas imagens e recordar do tempo juntos era o mais próximo que se podia chegar de alguém arrebatado das afeições da família.

Foi essa lembrança a cores, por intermédio de fotos e vídeos no telefone da esposa, que Carlos preferiu, e não a reza como o cunhado havia sugerido.

O polegar hesitava em passar aos registros seguintes das duas caminhando na orla. Queria morar no passado e viver daquela felicidade antiga. Cada retrato continha um enredo dramático que começava na mais singela das alegrias e se encerrava no extremo da aflição. O sorriso que despontava nos lábios ao ver a felicidade de Lúcia e Fernanda juntas logo morria no pranto.

De repente, uma estranha mensagem de texto apareceu na tela.

`Mãe?`

Para surpresa de Carlos, ainda atônito, o celular começou a sinalizar a chegada de sucessivos recados, todos de Fernanda.

Tomado pelo desejo irracional de que sua filha se comunicasse com ele do além-túmulo, abriu o aplicativo de mensagens e encontrou inúmeros balões de conversa não visualizados. Faziam parte de um monólogo triste sobre a dor e a saudade do dia a dia sem a mãe.

FERNANDA: Será que vc responde se eu mandar mensagem por aqui?

FERNANDA: Queria conversar

FERNANDA: Oi. Tô com saudades

FERNANDA: Fala comigo, mãe

FERNANDA: Tá por aí?

FERNANDA: A gente precisa muito de vc aqui

FERNANDA: Dói não ter vc por perto

FERNANDA: Te amo, mãe

Enviar lamentos ao número da mãe com o intuito de abrandar o luto tinha sido a terapia de Fernanda e, como aquela era a primeira vez que alguém ligava o telefone de Lúcia desde que ela se fora, uma enxurrada de mensagens de dias diferentes encaminhadas ao longo daquele mês chegou ao mesmo tempo. O pai leu todas elas com os olhos inundados. Ao chegar às últimas, encontrou uma informação.

41

> **FERNANDA:** Achei um lugar pra dançar. Parece que lá a dor vai embora

> **FERNANDA:** Hj vou dançar de novo

    Fernanda havia largado o ballet depois que se mudaram para a praia, mas ela nunca abandonara essa paixão. Voltar a dançar talvez tivesse sido uma maneira de ocupar a mente; no entanto, o momento de fragilidade emocional podia tê-la tornado o alvo fácil de um predador.

    Essa probabilidade dilatou o ódio nas veias de Carlos, e seu sangue fervilhou quando leu o recado enviado pela filha no dia em que a morte a visitara:

> Quero ficar aqui pra sempre

    As palavras estavam escritas abaixo de uma localização com o nome *Clube Inferno*. Mas o que o instigou ainda mais era o logotipo do local, que usava o mesmo emblema que ele vira tatuado no ombro de sua menina.

    Se alguém sabia de algo, essa pessoa estaria lá.

7.

EM UM SOTURNO CRUZAMENTO, DURANTE A MADRU-
gada, Carlos encarava o exterior de uma imponente casa noturna que ocupava toda a esquina. Suas paredes negras ressaltavam o neon vermelho do símbolo disposto abaixo de uma gárgula em concreto, como aquelas nos telhados de exuberantes catedrais góticas.

Com dentes pontiagudos à mostra, a alada figura animalesca resguardava os umbrais do clube. Adentrá-los sob a ameaça daquela carranca assombrosa era de conta e risco de quem pisasse naquele domínio.

O homem verificou no pedaço de papel que o brilhante selo na entrada era idêntico ao marcado na pele de Fernanda. Amassou o cartão e o descartou no asfalto. Determinado a encontrar o culpado por sua recente desgraça, ele caminhou rumo à boca do Inferno.

Dentro, a música eletrônica era ensurdecedora. Numerosas pessoas vestidas de preto dançavam de olhos fechados em ritmos diferentes sob a mesma trilha sonora dos anos 1980, que evocava nele pensamentos depressivos.

A decoração do espaço acompanhava os traços sombrios da fachada. Paredes de pedra, ornamentadas por bizarras pinturas emolduradas, rebatiam a tímida iluminação escarlate que se mesclava à penumbra do salão. Opulentos candelabros de ferro, no formato de pentagramas e cobertos pela cera derretida das velas, pendiam do teto acima de outra gárgula — muito maior que a da entrada — na função de sentinela das trevas.

Carlos exibia seu paletó amarronzado, calça social e sapato em um ambiente dominado pelo couro, trajes vitorianos e vestes de sadomasoquismo. Contudo, ainda que destoasse daquela atmosfera tétrica, os estranhos dançarinos sequer notavam sua existência. Caminhou por entre eles à procura de contato visual com alguém que pudesse colaborar com sua investigação, mas todos ali estavam completamente entregues a devaneios privados que os mantinham isolados, fechados para qualquer interação.

No canto mais escuro, uma ampla escadaria guiava o caminho para outra pista no andar de baixo. Carlos desceu os degraus e cruzou as cortinas em veludo. De imediato, os acordes incomodaram seus ouvidos, desacostumados à música mais agressiva e dissonante que embalava os vultos que surgiam no compasso das lâmpadas estroboscópicas. Os contornos daqueles que bailavam solitários entre a fumaça artificial eram revelados pelo frenesi intermitente das luzes naquele salão claustrofóbico.

O homem atravessou a escuridão, desviando-se das silhuetas sem rosto, e alcançou um corredor, por onde percorreu até achar uma abertura na parede, semelhante a um calabouço. Lá, uma cabeça de boneca — com o queixo pra cima e os cabelos largados — encontrava-se perfurada por uma afiada lança de madeira presa no teto. Sentiu-se na presença de uma vista alegórica do pesadelo dos seus dias após a morte de Fernanda; aquele pedaço desmembrado traduzia sua vida, que estava de cabeça para baixo.

Rumo aos porões, as luzes de um estreito corredor pulsavam dando vida à casa noturna. O clube parecia inspirado nas visões de Dante Alighieri, pois ao passar por cada nova câmara, era como se Carlos descesse mais um círculo no Inferno.

Ao afundar-se nas entranhas do local sentiu o ar mais denso, como o de uma catacumba assombrada. O som ecoava uma frequência hipnótica que se repetia em batimentos de um único tom e aprisionava os que ali se balançavam em bizarras coreografias.

Naquela câmara escura, uma porta não muito distante surgiu nas trevas como uma moldura dourada, que se abria para uma saleta onde um extravagante sujeito observava sentado os corpos dançando. Ele rodopiava as mãos no ar, em êxtase, como se desfrutasse de uma bela melodia que ninguém mais escutava.

Perante a exótica figura, Carlos pôde analisar melhor os traços do seu anfitrião. Usando uma tiara com chifres iluminados sobre o cabelo rastafári e uma placa de ferro nos dentes à mostra em um sorriso irônico, aquele estranho homem — com a cor de um dos olhos distinta do outro e um longo cavanhaque — vestia apenas uma cueca carmim por baixo de um roupão aberto de seda no mesmo tom.

Não havia pudor. De pernas abertas e barriga pra fora, insinuou um convite para que o visitante o acompanhasse na libertinagem. Foi o único a encarar Carlos nos olhos, que ignorou seus trejeitos sedutores e mostrou-lhe a foto da filha:

— Já viu ela por aqui?

— Eu conheço a Fernanda — respondeu desdenhoso, sem olhar o retrato. Um incontrolável prazer fez com que fechasse os olhos e levasse os dedos aos lábios num insólito deleite, à medida que aspirava do ar um bálsamo que o inebriava. — Ela tinha esse mesmo perfume doce de calvário na primeira vez que veio à minha casa. A Fernanda parou bem aí, no exato local onde você fincou os pés e me pediu, aos prantos, pra ajudá-la a retirar o véu da tristeza que cobria todo o seu corpo.

— Você vendeu droga pra Fernanda?! — especulou, irritado, e fez o caricato proprietário da boate cair em profusas gargalhadas.

— Eu só entrego o que me pedem pra quem aceita o meu preço. Essas pobres almas que você vê dançando no escuro pagaram muito caro pra tá ali. — Apontou-as a Carlos, que se virou para observar as entorpecidas sombras que se movimentavam como parte viva da penumbra. — A música que eu toco nessa pista silencia as vozes internas que as machucam, e a minha escuridão oculta o reflexo da autocrítica. Elas não pensam em nada que possa distanciá-las da plena satisfação de dançarem como se não houvesse amanhã.

O discurso enigmático confundia o pai de Fernanda, pois seu pensamento cartesiano o limitava a interpretações encravadas na razão. A contemplação daqueles passos hipnóticos, entretanto, fez com que embarcasse de leve no mesmo transe das silhuetas. Os acordes escondidos da melodia soavam cada vez mais cristalinos e ele também pôde experimentar um pouco do reconfortante vazio que os preenchia.

— Quer sentir como é? — perguntou maliciosamente o anfitrião, sugerindo-lhe ir ao encontro dos demais, porém o convite fez o homem voltar a si.

— Não vim dançar. Tô procurando o responsável pela morte da minha filha.

O ressentimento que o enlutado vestia no olhar e o desespero na voz eram as cartas de que o proprietário da boate precisava para começar o seu jogo.

— Talvez eu possa fazer algo por você. — Reclinou-se com os braços apoiados no encosto do sofá. — Como fiz pela Fernanda, ao sentir a densidade da angústia dela quando pediu a minha ajuda.

— E... o que ela queria?

— O que tantas garotas querem nessa idade? Sentirem-se amadas através dos olhos de outra pessoa.

Carlos lembrou-se do alerta feito pelo tatuador e, convicto de que sua filha fraquejara aos encantos de um jovem agressor, precipitou-se à óbvia conclusão:

— De um rapaz!?

— Às vezes também de mulheres — zombou do conservadorismo datado que não tinha espaço naquela casa, entretanto confirmou a suspeita: — Mas no caso da Fernanda, sim, era a atenção de um homem que ela buscava.

— É desse homem que eu tô atrás!

A brasa que incendiava a vingança queimou no coração de Carlos e foi percebida pelo anfitrião, que se aproveitou daquela ira para fazer uma proposta:

— Então eu vou te ajudar. Mas não antes de você me prometer que vai fazer uma coisa que eu quero em troca. — O estranho levou o tronco para a frente e escancarou a cobiça nos olhos. — Você vai ter que dar fim à vida do responsável pela morte da tua filha. E vai ter que fazer isso com as próprias mãos. — Um sorriso demoníaco de orelha a orelha coroou a oferta.

Carlos não se desviou daquela manifesta expressão de perversidade. O folião seminu fantasiado de Diabo, pelo visto, não era somente um depravado, mas também um sádico que se alimentava da dor alheia para operar seus caprichos maquiavélicos.

O silêncio que antecedeu a resposta espelhava a batalha interna entre o anseio pela vingança e a hesitação de tirar a vida de outra pessoa. Mas o rancor rompeu os grilhões que lhe acorrentavam à moral e deram força a uma sanha que o tornaria capaz de cortar a cabeça de quem havia machucado Fernanda.

Decidido a confrontar o algoz da filha, Carlos deu um passo adiante, levantou a mão ao anfitrião e juntos selaram o acordo com formalidade. O ato hediondo a ser perpetrado, porém, era isento de nobreza. Possuído pela absoluta agonia e pelo cego desejo de reparação, o que o pai concordou em executar era algo que poderia extinguir sua humanidade e condenar sua alma às chamas.

Satisfeito com a barganha, o sujeito com roupão de seda endireitou as costas, jogou os braços para trás da poltrona e tornou a apreciar a dança das sombras com aparente descaso à presença do visitante à sua frente. Com ares de despedida, proferiu um conselho:

— Já foi atrás das conversas da Fernanda no celular? Se olhar direito vai ver que o nome do culpado tá lá.

— O telefone não liga — devolveu com a amargura de quem já tentara. — Ficou no mar até a maré levar o corpo dela pra praia.

— Se a água salgada que engoliu o defunto não tiver arruinado o chip, é só colocar em outro aparelho que vai dar pra recuperar as mensagens.

Essas palavras insensíveis em tom de deboche que vieram em seguida ao desabafo melancólico de Carlos davam um recado bem claro: sem ajuda, ele não teria desforra. Por mais simples que fosse a sugestão apresentada, sua capacidade de enxergar o óbvio estava carcomida, soterrada pelo luto.

Absorto, seus olhos esbugalhados não tinham foco, e sua mente se fixava apenas nas ações rancorosas que cometeria ao conhecer o nome do carrasco. Perdido nas incontáveis maneiras de como faria o jovem sofrer pela lâmina da própria faca, foi retirado de sua miragem por uma bronca do anfitrião:

— Acorda, Carlos!

8.

NO REPENTE DE ALGUÉM QUE ABANDONA UM PESA- delo no susto, Carlos ergueu o tronco da cama na velocidade de um disparo. As consequências da ressaca embaralhavam-lhe o raciocínio e, sem saber como chegara ao apartamento, não conseguia discernir se a visita ao Clube Inferno era real ou um delírio. O cheiro de boemia nas roupas apontava para uma provável madrugada fora de casa, mas nada impedia que fosse dos respingos do destilado que entornara do gargalo, na beira da praia.

Apesar da dúvida, o que ficara enraizado em seu espírito era o conselho do anfitrião.

Com o celular de Lúcia em mãos, Carlos foi à bancada onde repousavam os pertences de Fernanda, retirou o chip do telefone da filha, colocou-o no da esposa, e caminhou até o sofá enquanto digitava a senha no aparelho.

Caso não funcionasse, sua tendência seria validar o curioso encontro na casa noturna como fruto da obsessão pela vingança, representada por uma bizarra fantasia que se apresentara à cabeça durante o sono. Se a sugestão indicasse o nome de quem ele procurava, entretanto, estaria pronto a cumprir cegamente a promessa que fizera ao homem travestido de Diabo.

A ansiedade dificultava-lhe a respiração. Acessou o aplicativo de mensagens, na expectativa de achar o culpado, mas o que viu foram as mesmas conversas da esposa. A desilusão atacou o homem e seus ombros tombaram pela derrota.

Prestes a cair em prantos, Carlos reparou que as mensagens repentinamente se apagaram e iniciou-se o procedimento que indicava a troca de número. Faiscou a esperança de que ele levaria a sentença ao criminoso.

Com os dedos trêmulos, seguiu as instruções que apareceram na tela e, para sua surpresa, surgiram as conversas recuperadas da filha. Entre os nomes dos familiares mais próximos, destacou-se o de um intruso que Fernanda nunca mencionara: *Paolo*.

Diante do que fora exposto pelo tatuador e sugerido pelo anfitrião do Clube Inferno, apressou-se a ler o diálogo.

FERNANDA: Não vai falar nada?

PAOLO: Do quê?

FERNANDA: De ontem

PAOLO: O que que tem ontem?

FERNANDA: Vai fingir que não aconteceu nada?!

FERNANDA: Paolo?

PAOLO: Que foi, Fernanda?!

FERNANDA: Não vai falar comigo?

PAOLO: Não tô atrás de mais problema na minha vida

FERNANDA: Vc é um escroto

PAOLO: ME ESQUECE VADIA

Essas tinham sido as últimas mensagens que os dois trocaram poucos dias antes de o corpo de Fernanda aparecer na praia. O tom agressivo da conversa oxigenava a suspeita de Carlos, mas foi o insulto à filha morta que inflamou ainda mais sua ira. Precisava vasculhar diálogos anteriores para ter segurança de que destinaria o castigo à pessoa certa.

FERNANDA: Desculpa não ter rolado

PAOLO: Achei que a gente tava se curtindo

FERNANDA: Não é com vc. Te falei da minha mãe. Não tá fácil aqui em casa

FERNANDA: Paolo?

PAOLO: Depois a gente conversa. Tô num ensaio aqui

Carlos encarou a resposta esquiva de Paolo como a nítida manobra de um idiota contrariado querendo mostrar indiferença a uma garota que não abria as pernas pra qualquer um. Rapazes embriagados de libido só mostravam quem eles eram de fato ao serem rejeitados, como se recusar suas promessas de alguns minutos de prazer fosse uma afronta moral.

As meninas fragilizadas eram o alvo preferido desses jovens inconsequentes e, pelo visto, Fernanda caíra na armadilha, pois no dia seguinte voltou a procurá-lo.

FERNANDA: Vc pode ir comigo num lugar?

PAOLO: Onde?

FERNANDA: Vou fazer uma tatuagem. Nunca fiz. Queria alguém do meu lado

PAOLO: A gente vai tentar de novo depois?

FERNANDA: Podemos sim

PAOLO: Então bora lá!

Finalmente a certeza de que era ele o dono da faca que podia ter assassinado sua filha. A perturbadora imagem do rosto macilento de Fernanda nutria em Carlos a ânsia de perfurar as entranhas do rapaz com a mesma lâmina que rasgara os braços da filha.

Mais do que tudo, precisava saber como ele era e onde estava. Correu até o início das mensagens para conferir como os dois haviam se conhecido.

PAOLO: E aí! Peguei seu zap ontem. Mandando um salve 🖐

FERNANDA: Vem me salvar então

PAOLO: Agora! 😎 Só dizer onde

FERNANDA: Hj vou ficar na minha. Não tô legal

PAOLO: O lance da sua mãe? Precisando conversar, tá com meu número

FERNANDA: Obrigada. Acho que vou precisar

Na hora de cativar a presa, um lobo deixava o uivo de lado pra falar mentiras com voz de veludo. Fantasiava-se na pele de um cordeiro com a intenção de se aproximar o suficiente para em seguida arreganhar os caninos e dar o bote.

Era isso que ele tinha feito. Aproveitou-se da evidente carência de alguém que perdera a mãe para fazer uma trilha com pétalas de rosas que, aos poucos, eram trocadas por espinhos.

Carlos percorreu as mensagens com pressa até, enfim, deparar-se com uma *selfie* de ambos abraçados em um bar.

Fernanda mascarava a melancolia com um sorriso encenado. Quem não a conhecia bem, dificilmente perceberia as nuances em sua face pintada pela tristeza. O cabelo já estava mais curto e moreno, combinando com as roupas escuras e maquiagem gótica como seu pai nunca a vira.

Por trás da garota, Paolo cruzava o braço pelo ombro e mordiscava-lhe a orelha. A cara encoberta pela metade e os olhos contornados com lápis e sombra pretos não permitiam uma identificação precisa do sujeito. Entretanto, os atributos que causaram a antipatia do tatuador estavam bem definidos. Caracterizado como integrante de uma banda de rock, com casaco de couro, bracelete preto e anéis de caveira, parecia o estereótipo do músico frustrado que preferia chamar a atenção pela aparência, uma vez que sua arte não chegava tão longe da garagem dos pais e de pequenos palcos.

PAOLO: Fala aí se a gente não foi feito um pro outro ♥

FERNANDA: A foto ficou boa mesmo

PAOLO: Vai voltar pra me ver outro dia?

FERNANDA: Quando vocês tocam de novo?

PAOLO: No Armazém é todo domingo à noite. Só colar por lá. Fala que tá comigo

FERNANDA: Vou aparecer sim

Desorientado pela maré de acontecimentos, Carlos conferiu o calendário para assegurar-se de que era domingo. Abriu o navegador para localizar o endereço e, assim que encontrou, foi agredido por um ímpeto que o persuadia a sair logo de casa.

Um nervosismo subiu-lhe a espinha com uma descarga de adrenalina. Encararia, afinal, o assassino da filha e não sabia se seria capaz de fazê-lo sem a ajuda de alguns goles de uísque.

Ciente de que não adiantaria chegar na porta do bar ainda pela manhã, aceitou a companhia do álcool como âncora para sua ansiedade.

9.

AINDA FALTAVAM ALGUMAS HORAS PARA ESCURECER, e lá estava Carlos, resoluto, do outro lado da rua, encarando a fachada do Armazém. A bebida na corrente sanguínea não era suficiente para fazê-lo trançar as pernas, mas sua fisionomia enjoada acusava uma leve vertigem.

Preferiu chegar antes de o local abrir e analisá-lo a uma certa distância para ponderar o que faria. Estava imerso nas incertezas de como abordaria o rapaz, quando um automóvel estacionou na frente da porta e atraiu sua atenção.

Um jovem com óculos de sol, jeans surrado e camiseta cinza, saiu do veículo e foi até o porta-malas. Tinha um físico semelhante ao do roqueiro na foto, mas era difícil garantir que era ele, devido às roupas convencionais e olhos ocultos por trás das lentes escuras. Retirou do carro um largo estojo de instrumento musical e o apoiou na lataria. O zíper lacrado o fez buscar algo no bolso: uma faca borboleta que foi manuseada com destreza para revelar a lâmina.

Poucos metros adiante de um pai enfurecido estava o suspeito com a arma do crime.

Invadido por um impulso de agressividade, Carlos partiu em direção a Paolo sem olhar para os lados. Ao cruzar a rua, o repentino berro da buzina de um automóvel em alta velocidade obrigou-o a retornar à calçada de sobressalto.

Enquanto recuperava-se do susto, perdeu o jovem de vista por um instante e, ao voltar os olhos para o bar, desiludiu-se ao enxergá-lo cruzando a porta.

Frustrado por ter permitido que a primeira oportunidade de conseguir a verdade lhe escapasse, escorou-se no primeiro apoio que encontrou ao ar livre e decidiu ficar de guarda até que a casa fosse aberta aos clientes.

10.

SEM PACIÊNCIA PARA AGUARDAR NA FILA JUNTO AO aglomerado de jovens, Carlos foi o último a entrar.

O isolamento acústico nas paredes não permitia que o som fosse escutado do lado de fora, mas a banda já se apresentava quando ele chegou no balcão do bar. O canto sorumbático do vocalista combinado aos acordes de um teclado harmonizava bem com os refrãos da guitarra e as viradas da bateria.

Um copo de uísque foi o que pediu para se manter afastado da sobriedade. Suas ideias de vingança tornavam-se mais brandas sem o álcool no sangue, e não permitiria que o sofrimento da filha corresse o risco de ser abreviado pela covardia. A morte de Fernanda seria honrada, bem como a promessa que fizera a quem lhe apontara o culpado.

Como um animal esfomeado, o homem caminhou entre o público, sem desviar a mira da presa sobre o palco, e se posicionou em uma mesa mais escondida para que pudesse observar Paolo sem ser notado.

De jaqueta preta com as mangas dobradas, coturno de couro e camiseta com a gola rasgada, o jovem de cabelos meticulosamente desgrenhados e lápis escuro nos olhos era o mais inspirado do grupo. Suas mãos no teclado não eram tão virtuosas quanto o dedilhado do guitarrista nas cordas, mas a performance corporal repleta de trejeitos depressivos seduzia admiradoras pela sua falsa tristeza.

Aquela melancolia teatral piegas se comunicava bem com adolescentes que procuravam alguém para lhes trazer um pouco de entusiasmo. Era o disfarce perfeito para que outras garotas na situação de Fernanda caíssem no seu embuste.

Carlos pensava apenas em como acabaria com a geometria daquele rosto até deixá-lo irreconhecível. A música que tocavam era a trilha sonora de sua esperada desforra. As batidas da percussão representavam as vezes que ele esmurraria os dentes do agressor, e a voz ressoante do cantor seria como um sussurro frente aos berros de dor que Paolo daria ao sentir a lâmina do próprio canivete dilacerando-lhe a carne.

Se teria coragem de perfurar as vísceras do rapaz assim que ouvisse a confissão, não sabia. Mas virou o copo de uísque goela abaixo para ter certeza de que não deixaria de tentar.

11.

COM A APRESENTAÇÃO ENCERRADA, O BAR SE ESVA- ziou depressa. Pela aparência dos que atravessavam a porta, os primeiros a pagarem suas comandas foram os trabalhadores que amargariam a irresponsável decisão de farrear em plena madrugada de domingo, seguidos por estudantes eufóricos que aproveitavam a última semana de férias e tietes de saias curtas que ignoravam o frio.

Carlos já estava do lado de fora. Sem estômago para assistir Paolo desempenhar o cômico papel de músico incompreendido, preferira o relento. O castigo de ficar ao vento em uma noite fria de inverno era menos torturante do que presenciar o jovem ser ovacionado pelas fãs. Ele aguardou pacientemente, e seu ódio era alimentado por cada segundo que o relógio dobrava os ponteiros.

Quando as luzes do Armazém se apagaram, a banda enfim saiu. O grupo logo se afastou do tecladista, que havia estacionado na direção oposta e foi deixado sozinho na ruela vazia onde estava o carro.

Ainda maquiado a caráter, um estiloso casaco de couro com detalhes em metal havia sido incorporado ao figurino do show. Já no automóvel, abriu o porta-malas sem perceber que Carlos se aproximava no momento em que ele ajeitava o instrumento.

— Paolo?

O jovem levou um susto pela abordagem repentina, mas assim que pôde analisar o perfil do estranho, apressou-se a guardar o teclado e ostentou um semblante vitorioso.

— Aí de social, mais coroa que a galera que curte o nosso som... Tô ligado na sua. — Fechou o bagageiro, chegou perto de Carlos e apoiou-se na lataria. — É de gravadora, não é? Sabe até meu nome, porra.

Sua vaidade era tão tóxica quanto sua arrogância. Aquela alegria pretensiosa, escancarada pelo marfim dos dentes à mostra no largo sorriso, não encontrou respaldo na fisionomia sisuda de Carlos, cujos olhos eram opacos e entristecidos.

— Tô aqui por causa da Fernanda.

A euforia de Paolo foi dominada pela tensão. Ele fechou a cara assim que ouviu o nome da garota.

— Fernanda? — Estufou o peito e se aproximou na intenção de intimidar o homem de mais idade. — Que merda essa vadia te falou?

Enfurecido pelo comentário grosseiro, o pai ofendido avançou o antebraço no pescoço do rapaz e o prensou com força sobre o teto do carro. Imobilizado, o roqueiro mal conseguia respirar.

— Que porra é essa, velho?! Não te fiz nada, caralho!

Sem aliviar a força, Carlos vasculhou com a outra mão os bolsos na roupa do jovem até encontrar o que estava procurando.

— Tem sangue da minha filha nessa faca? — Mostrou-lhe o canivete fechado e não obteve resposta, o que o fez repetir a pergunta com um tom mais ameaçador: — Tem sangue... da minha filha... nessa faca?!

O silêncio de Paolo parecia incriminá-lo, mas os espasmos para tentar escapar do aperto na traqueia eram sinais de que estava perdendo o ar. Seu olhar arregalado, com as veias avermelhadas rasgando a esclera, suplicavam para que o homem o largasse antes que sufocasse.

Perto de perder a consciência, foi solto por Carlos e curvou-se à frente na ânsia de recuperar o fôlego. Mal terminava de alimentar os pulmões quando foi agarrado pelos cabelos.

— Tá doido, coroa?! Fiz nada com ela, não, porra! Ela apareceu num show, a gente se curtiu, mas não foi pra frente, não. A mina era problema. — Ao reparar na lâmina da faca borboleta recém-desdobrada se aproximando do seu rosto, ficou acuado. — Que isso, velho? Maneira com isso daí.

De nada lhe serviu atenuar a voz para acalmar o sujeito. Acabou sendo arremessado novamente contra a carroceria, com a chapa afiada de metal prometendo sangrar seu pescoço, caso não dissesse a verdade.

— Tá! Tá! A gente tava de boa, só que daí rolou um estresse. A mina pegou meu canivete e começou a se cortar do nada! Fiquei assustado com aquela porra.

— É muito fácil botar a culpa na Fernanda sem ela aqui pra te desmentir.

— Te juro, cara! Te juro! Aperta que ela te fala.

— Você sabe muito bem que não dá pra fazer defunto falar.

A expressão acovardada de Paolo cedeu lugar à do espanto.

— A Fernanda... morreu?

Sua surpresa não tinha traços de improviso. Mesmo alguém desesperado para salvar a própria vida esbarrava nos trejeitos que expunham as mentiras, mas nele o choque pareceu espontâneo. Se todo o pedantismo do roqueiro havia caído por terra assim que teve a faca próximo de riscar-lhe a garganta, Carlos agora percebia que, ao receber a notícia da fatalidade, os contornos do medo em seu rosto desenhavam um abatimento sincero.

Despontou no pai da garota morta a incerteza sobre se aquele era mesmo o algoz da sua filha. Com a mão fraquejando, desceu o canivete e foi se afastando. Segurou o choro para não demonstrar fraqueza na frente do jovem, mas não quis acreditar que ele estivesse falando a verdade. Seria mais fácil aceitá-lo logo como o assassino e dar um ponto final à angustiosa perseguição ao culpado; assim restauraria a honra de Fernanda e cumpriria o acordo que firmara.

Num descontrolado ímpeto passional, uma lágrima escorreu junto ao brusco movimento que fez com o braço para cravar a faca na barriga de Paolo.

— Eu não sabia! Eu não sabia! — O rapaz ergueu as mãos em posição de defesa, interrompendo no último instante seu estômago de ser perfurado. — A gente se encontrou umas vezes aí, mas ela não queria nada sério. Levei a mina até pra fazer uma *tattoo* e não rolou. Vinha sempre com aquele papinho de que não tava pronta. Cansei de gastar minha lábia e mandei a mina andar. Pegar virgem sempre dá merda.

A maneira torpe como falava de Fernanda, tratando-a como só mais uma conquista de quem quer se gabar na frente dos amigos, fazia com que Carlos ainda quisesse matá-lo. Paolo podia ser um misógino obtuso, que distorcia a palavra *masculinidade* com o conceito machista de que um vencedor é aquele com o maior número de mulheres que leva pra cama, mas não era isso que o faria receber o castigo destinado ao verdadeiro responsável pela tragédia.

Carlos decidiu que o deixaria ir logo que se assegurasse de algo:

— Me entrega o seu celular.

— Pra quê, velho?

— Me entrega o celular! — repetiu aos berros erguendo o canivete.

— Tá! Calma.

Atendido de imediato após a intimidação, o homem abriu o aplicativo de trânsito e encontrou o endereço da casa de Paolo.

— Vai embora. — Devolveu-lhe o telefone com a força de um soco no peito e advertiu: — Se eu descobrir que isso que você me falou não é verdade... eu sei onde você mora.

O rapaz abriu com pressa a porta do motorista, afoito para sair de lá, mas antes de entrar no carro arriscou a sorte.

— Pode devolver meu canivete? Foi presente do meu velho.

— Isso daqui é uma evidência se eu resolver ir na polícia — retrucou, indiferente ao valor emocional alegado pelo roqueiro. — Vai embora!

Sem opção, o jovem obedeceu e partiu, contrariado, deixando Carlos mais uma vez em sua jangada à deriva em um mar revolto de dúvidas.

12.

O SILÊNCIO DA PLATAFORMA DE PESCA NA MADRU-gada invernosa foi o refúgio escolhido para o pai estrangular a tristeza. Seu espírito devastado era um espelho das águas turvas ao redor, e as luzes fracas que clareavam a passarela reverberavam a anêmica esperança de conseguir encontrar o assassino de sua única filha.

Debruçado na mureta de proteção, observava o horizonte ganhar as primeiras tintas que vinham do leste, enquanto sua mente sobrevoava as recordações de uma tarde quente de verão, quando Lúcia e Fernanda ainda eram vivas.

Os cabelos loiros da sua menina reluziam ao sol, e os ruivos da esposa acalentavam o coração de Carlos. Abraçadas na orla da praia, molhavam os pés nas pequenas ondas que quebravam na areia. E sorriam. A felicidade contagiante daquele dia motivara a foto que viria a eternizar a imagem de ambas no porta-retratos da sala e no descanso de tela do celular da amada.

A harmonia de uma família com poucos conflitos, alicerçada pelo respeito mútuo, tinha como fragilidade uma paixão que beirava a dependência. O primeiro sinal de que o mar de rosas poderia secar viera no som de uma tosse, crescente e incessante, que não tardou a despejar na palma da mão de Lúcia um escarro vermelho.

Poucos meses separaram a mulher de estar no sofá do apartamento, na companhia de um livro, e depois no leito de uma UTI, em estado terminal. O prognóstico não era bom desde a descoberta do câncer, que já houvera comprometido as vias aéreas e se espalhado para outros órgãos do corpo. O tratamento tinha lhe arrancado os cabelos que tanto a envaideciam, e a doença, apagado o brilho que ela trazia no olhar. Por mais que resistisse aos agressivos efeitos colaterais da quimioterapia, sua força bastara apenas para prolongar o sofrimento do inevitável.

Sua última alegria fora estar ao lado de quem mais amava quando partira. Velada pelo marido abatido, Lúcia dera o último suspiro com um sorriso e uma lágrima, segurando a mão de Fernanda.

Após o funeral, as paletas coloridas que tingiam o entusiasmo do lar ficaram foscas. Carlos enxergava a esposa em cada quadro na parede e detalhe na decoração. Sentava-se por horas a fio em uma larga cadeira estofada na varanda para que sua depressão tivesse vista para o mar. A ação de girar a aliança no dedo ao pensar na esposa morta havia se tornado uma mania.

    Seus cafés da manhã passaram a ser o licor das destilarias, e as garrafas se esvaziavam cada vez mais depressa, fazendo do vício sua nova companheira.

    Incapaz de encarar a residência empesteada de memórias, começara a ficar mais tempo no escritório, chegando a passar noites em claro enfurnado em planilhas somente para afugentar as lembranças.

    As recordações dolorosas de quando a solidão aparecera como visitante indesejada e fincara suas raízes como inquilina só se encerraram depois de os raios matinais salpicarem a plataforma de pesca. Marcado pela praga de ter perdido tudo o que venerava, o homem não sabia mais a quem recorrer.

    No mar, ele desaguou uma enxurrada de lágrimas.

13.

EM SUA POLTRONA NA SACADA, ACOMPANHADO DA garrafa de uísque, recaía sobre Carlos o sono da embriaguez. Após trocar a maré da praia pelas ondas do malte, não teve forças para chegar até o quarto. Nem razão. A suspeita de que Paolo tivesse agredido Fernanda estava fragilizada e ninguém aparecera para reivindicar a culpa.

As pistas naufragaram, e o pai encontrava-se mais uma vez no prólogo de uma novela dramática na qual teria que reescrever os piores capítulos. Com as mortes das suas personagens mais queridas, ser o protagonista daquela narrativa perdia o sentido sem um vilão para perseguir.

Seu repouso foi interrompido pelo toque do celular apoiado na mesa ao lado. Com o esgotamento daqueles que pregavam os olhos mas não conseguiam descanso, atendeu ao telefonema com a voz cavernosa e rouca.

— Alô... Sim, é ele.

A dor que lhe assolava as costas por causa das horas que permanecera com a coluna vergada na cadeira estofada desapareceu no instante em que a pessoa do outro lado da linha se identificou.

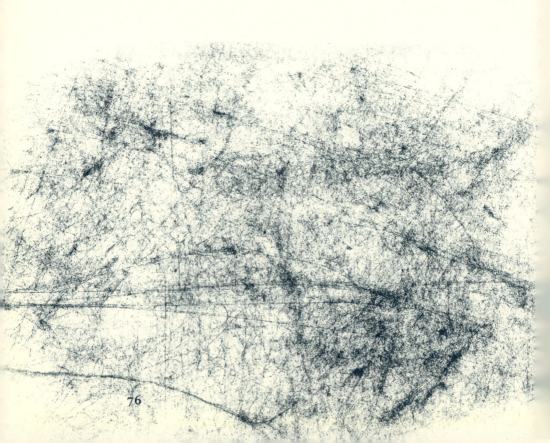

14.

DE VOLTA AO INSTITUTO MÉDICO LEGAL, NO MESMO guichê onde lhe tinham sido entregues os pertences da filha, Carlos aguardava com a angústia de um devoto preso no Purgatório. Desde que acordara com a notícia de que o laudo necroscópico estava pronto, um novo ciclo de inquietação injetara-lhe outra vez a dose de raiva da qual se alimentava para ir em frente.

Assim que pegou o envelope, sentou-se ali mesmo na recepção e analisou o documento com pressa. Agoniado para descobrir as circunstâncias que envolviam a morte de Fernanda, ia e voltava nas páginas repetidas vezes — incrédulo — à procura da *causa mortis* que fomentaria sua sede de vingança.

Ao ver a médica que atestara o óbito preencher uma ficha no balcão, correu para abordá-la na frente de todos que aguardavam atendimento.

— Doutora? Mas aqui não diz nada que mataram a minha filha!

— Senhor Carlos, a causa do óbito foi afogamento, não há dúvida. Pulmões inchados, com pintas vermelhas, e face arroxeada indicam asfixia. E eles estavam cheios de água — repetiu pacientemente o que escrevera no relatório e se esquivou pela lateral. — Desculpa, com licença...

O pai, inconformado com a perspectiva de que sairia de lá sem novos vestígios para rastrear, quis impedir a médica de se afastar. Precisava acender ao menos uma fagulha que iluminasse algum caminho. Para isso, apelou às primeiras interpretações da legista sobre os indícios de violência.

— E os cortes no braço? — perguntou, nervoso, querendo se certificar de que Paolo tinha lhe falado a verdade.

— Bom, nesse caso, a inflamação dos cortes aponta que eles foram feitos entre um e três dias antes do afogamento. O senhor chegou a ler o laudo completo?

— Não houve agressão? É isso que você tá me falando?

— A lesão corporal existe, mas não foi esse o motivo do óbito. O ângulo dos cortes mostra que foi... automutilação.

A versão do roqueiro ganhou a traumatologia forense como álibi. Persistir na hipótese de que ele era um maníaco homicida só faria Carlos se distanciar do verdadeiro merecedor de punição, que ainda precisava ser encontrado.

— De que me serve isso aqui, então?! — Balançou o laudo como se fosse um peso de papel inútil. — Se não tem nada que me ajude a ir atrás de quem matou a Fernanda?!

Compadecida com o sofrimento do pai, a mulher atrasou seus compromissos para tentar acalmá-lo.

— Pelo local onde sua filha foi encontrada, ela pode ter caído da plataforma de pesca. Ela conhecia o lugar? Vocês iam lá com frequência?

— A gente mudou pra cá por causa da praia. Era o nosso lugar preferido pra ver o mar.

Despedaçado pela certeza de que jamais desfrutaria de outro pôr do sol ao lado de Fernanda, o olhar de Carlos tornou-se distante. A imagem da sua menina esquecida nas pedras, adormecida entre as ondas, reforçaram a ideia de que ele estava fadado à solidão.

Percebendo que as faces do homem estavam prestes a ser banhadas por lágrimas, a doutora usou das entrelinhas para revelar uma cisma que tivera na hora de escrever o laudo.

— Infelizmente as pessoas podem perder o equilíbrio quando se apoiam na mureta. Ainda mais se estão com a cabeça em outro lugar. Procure o namorado da sua filha, converse com ele. Verifique se estavam bem nesse dia.

Pego de surpresa pela observação, ele recobrou a atenção investigativa.

— Por que você acha que a Fernanda tinha namorado?

— O fato é que nós identificamos a ruptura recente do hímen. É claro que a perda da virgindade é um momento de muita ansiedade para as mulheres e... nem sempre acaba acontecendo de forma positiva.

— Não entendi...

— Veja, senhor Carlos... — Aproximou-se para tratar do assunto do modo mais delicado que conseguiria. — Nós encontramos sinais de lesão vaginal que indicam uma possibilidade de resistência da parte dela. Ela pode ter se arrependido no meio do ato, mas não podemos afirmar que foi abuso e tampouco associar diretamente à causa da morte devido a alguns fatores que, se o senhor quiser entender melhor, estão todos descritos no laudo.

 O homem não escutava mais nada. O sino da fúria batia forte em seu crânio, abafando as palavras da médica. O rosto corado pela ira era o sintoma cabal de que seu mundo estava cada vez mais de cabeça pra baixo. Para reassumir o equilíbrio, teria que ir atrás de um enganador ardiloso e contrabalancear aquela desgraça com as toneladas do seu rancor.

15.

CARLOS TATUARA O ENDEREÇO DE PAOLO NA MEN-te como uma bússola na qual a agulha era atraída pelo polo magnético da vingança. Bastou-lhe a insinuação da legista para que fosse atrás do rapaz com o objetivo de fazê-lo engolir as mentiras.

A afobação conduzia suas pernas, e a raiva guiava seu propósito. O nervosismo de não saber o que faria quando o encontrasse provocava sua gana pela sevícia e inflamava o arrependimento por não o ter matado naquela oportunidade.

Ao cruzar o muro baixo da casa e entrar no quintal, avistou o jovem saindo pela porta. Carlos acelerou o passo e o agarrou de supetão pela camiseta para prensá-lo violentamente contra a parede.

— Você estuprou a minha filha! — acusou-o aos berros. — Você abusou da Fernanda! Mentiroso! Canalha!

— Calma, velho! Não sei do que você tá falando, não...

Um soco na boca do estômago fez o rapaz se curvar. Carlos aproveitou para entrelaçar as mãos por trás da nuca de Paolo e emendar uma sequência de joelhadas certeiras no seu nariz antes de derrubá-lo. Alucinado, fez do bico do sapato um instrumento de tortura que surrava sem dó e sem intervalo qualquer membro que acertava.

No coral da desforra, os gritos de dor e ódio se mesclavam e ecoavam nas ruas do bairro. Uma vizinha mais idosa, que passeava com o cachorro, acabou sendo cúmplice do espancamento. Sem condições de intervir, correu em busca de ajuda.

As pernas de Carlos, mesmo cansadas, martelavam com força a barriga de Paolo na clara intenção de vingar a morte de Fernanda. Ele não renunciaria ao seu direito de matá-lo e continuaria desferindo golpes até o fim, mas foi impedido pela sirene de uma viatura policial que já embicava na garagem.

16.

TRANCAFIADO EM UMA PEQUENA CELA NA DELEGA- cia, Carlos aguardava sentado no chão de concreto enquanto rodava no dedo a aliança. Havia perdido a esposa, a filha, e agora o ensejo de abraçar a ilusão de que se sentiria melhor após cumprir a promessa que tinha feito.

Suas divagações sobre o próprio infortúnio foram interrompidas pelo rangido áspero da grade de ferro sendo aberta.

Na sala do delegado, entre o caos dos relatórios jogados pelos móveis, mapas e emblemas da instituição pregados nas paredes, uma imagem da Nossa Senhora no canto era um contraste que para Carlos parecia estar ali só para julgá-lo.

O oficial responsável por chefiar a repartição, na cadeira do outro lado da mesa, mantinha-se atento às páginas do laudo da necropsia quando dirigiu a palavra pela primeira vez ao homem detido:

— A acusação que o senhor tá fazendo é muito grave.

— Muito grave?! Esse moleque estuprou a minha filha! Isso é motivo mais que suficiente pra polícia pelo menos abrir uma investigação sobre a morte da Fernanda.

— Bom, em primeiro lugar é o seguinte: nesse caso, o rapaz é a vítima e é você que tá respondendo pela agressão. No depoimento ele esclareceu que nunca teve relação sexual com a jovem.

— Mas ele... ele nunca vai admitir que forçou a minha filha!

— Senhor Carlos, o que eu tenho aqui é a palavra da vítima espancada contra a do agressor pego em flagrante. A situação não tá nada favorável pro seu lado. — Foi ríspido para coibir que ele se exaltasse, e tornou a olhar o documento. — Não há indícios de abuso aqui no laudo. Não fala de nenhuma lesão corporal externa que indique que o ato foi feito à força. Essa "ferida contusa na comissura posterior dos lábios" não caracteriza crime de estupro. Não posso colocar um rapaz sob custódia da polícia simplesmente porque ele se excedeu, mesmo que esteja mentindo pra não ficar associado à morte da sua filha. — Jogou o relatório na mesa e Carlos o pegou de imediato, a fim de conferir se não havia mesmo nada que apontasse a culpa de Paolo. — O ideal nesses casos é que a vítima procure logo uma delegacia pra fazer o exame de corpo de delito. De preferência que não tome banho, não troque de roupa... Como a sua filha ficou algumas horas no mar, não conseguiram achar nenhum material genético que pudesse identificar um agressor, caso ele exista. Sabe se ela tinha outros parceiros?

A pergunta levou o delegado a ser fuzilado pelo olhar indignado de um pai iludido pela convicção de que a filha seria uma eterna princesa.

— A Fernanda não era dessas! A mãe dela era muito religiosa.

— E não é mais?

— Como assim?

— O senhor falou que a sua esposa *era*... era religiosa.

A ênfase no passado fez com que a fisionomia do interrogado mudasse de revolta para prostração na mesma rapidez com que abandonara sua crença depois de perder a esposa para o câncer.

— Ela faleceu... tem menos de um mês — revelou, entristecido, e voltou a atenção para o laudo.

O oficial, compadecido pelo luto, adotou uma postura menos aguerrida e se posicionou melhor na cadeira para dizer — da maneira mais respeitosa que pudesse — o que o homem precisava ter escutado antes de iniciar sua caça infrutífera.

— Senhor Carlos... Eu entendo essa ânsia de querer procurar um culpado pela morte da sua filha, mas se a legista não teve coragem de dar a real, eu vou ser franco e direto aqui com o senhor. No laudo do IML tá bastante claro que o óbito não foi decorrência de homicídio. — Uma pausa dramática preparou o pai para o que viria. — A sua filha se matou, senhor Carlos.

A incômoda verdade atingiu o coração do coitado como uma espada num golpe de misericórdia.

— Não...

— Eu sei que é difícil ouvir isso. E eu também não saberia dizer de outra forma menos dolorosa. Os cortes que ela fez no braço, essa coisa de pintar o cabelo, a tatuagem, enfim... de querer mudar o comportamento e o visual pra chamar a atenção, ou até mesmo querer se passar por outra pessoa, são traços comuns de quem tá com depressão.

— Não... — rebateu, com uma incredulidade vacilante. — A Fernanda sentiu muito a morte da mãe, mas ela não faria isso. A gente ainda tinha um ao outro. — Abaixou a cabeça e desabafou, quase que em segredo, apenas para si. — Ela não faria isso comigo.

As lágrimas ameaçaram alagar o rosto, mas Carlos engoliu os soluços. Se todos os sinais delatavam o suicídio, chorar ao delegado por ajuda seria a mesma coisa que bater à porta do nada.

— A morte de um familiar próximo, seja a mãe ou a esposa, acaba... destrói o emocional de qualquer pessoa. É triste, senhor Carlos, mas infelizmente não é todo mundo que vence o luto. Antes de deixar essa dor de lado e seguir em frente com a vida, a gente precisa descer até o Inferno e voltar.

— E pelo visto... alguns nunca voltam — concluiu, tornando a girar a aliança no dedo, convencido de que a filha tomara a decisão de deixá-lo.

Sem mais o que acrescentar à conversa, o chefe de polícia bateu as mãos na mesa e resolveu liberar o acusado.

— Bom, senhor Carlos... Não vou te segurar mais aqui na delegacia. Já colhi os depoimentos pra deliberação e, em respeito às suas perdas, vou só lavrar o auto da prisão em flagrante pro senhor ir pra casa. Ok? Em relação ao laudo da sua filha, infelizmente não posso fazer nada.

O semblante do pai regou-se de apatia. Suas olheiras fundas, que nem as covas de uma caveira, alardeavam a repulsa em ter de aceitar que Fernanda decidira pôr fim à própria vida. Apanhou o documento da mesa com descaso e caminhou à saída com os ombros caídos, como se o peso da tragédia vergasse suas costas e esmagasse seu orgulho.

— Senhor Carlos... — interrompeu-o, antes de cruzar a porta. — Vê se tenta voltar do Inferno.

O conselho fez o pai evocar a imagem endiabrada de quem o iludira a perseguir um fantasma. Empoderado pelo ressentimento, encheu o peito de ar e abandonou a delegacia com a expressão conturbada.

17.

SOB A VIGÍLIA DA IMPONENTE GÁRGULA EMPOLEIRA-
da nos umbrais do Clube Inferno, Carlos ousou regressar ao antro da perdição.

De volta à saleta de luz dourada nas entranhas da casa noturna, onde ecoava a mesma frequência hipnótica da vez anterior, viu o anfitrião se deleitar com as carícias de homens e mulheres que aos pés dele o adoravam. A luxúria era o tema do bizarro bacanal em que a excêntrica criatura fantasiada de Diabo exibia sua vaidade entre diferentes lábios, roçando com os dedos a intimidade das concubinas e a ereção dos amantes desnudos.

O pandemônio de braços, pernas e seios não seduzia Carlos. A cólera o cegava aos prazeres da orgia. Seu objetivo ali era afrontar o enganador.

— Você mentiu quando me falou do assassino da Fernanda?! Me mandou ir atrás de um moleque sabendo que ela tinha se matado?!

Seu ataque nervoso não foi suficiente para que recebesse importância. O idolatrado, refém por vontade própria dos desejos da carne, cortinou os olhos para se esbaldar mais a fundo na libertinagem e deixou o iludido continuar esbravejando.

— Se ela te pediu ajuda pra chamar a atenção daquele idiota, sua ajuda não serve de nada! Não serviu pra ela, que tá morta, e não serve pra mim.

Ao compreender o subtexto da ameaça, o anfitrião afastou a boca das peles coradas e encarou o visitante com desprezo. Dispensou os vassalos do seu reino de prazeres com um gesto grosseiro das mãos e cobriu o corpo com o robe de seda.

— E não seria o suicídio a mais trágica consequência por termos sofrido um ato que torna a vida insuportável?

O fantasiado riu à agonia de Carlos. Este viera vociferar, mas sentiu como se tivesse levado um tapa na face.

— Eu não tenho ninguém pra ir atrás. Então não posso entregar o que você me pediu em troca de justiça pela morte dela.

— Sempre haverá um culpado pela coragem de degradar o templo que hospeda a própria alma. Nada do que se comete a si próprio é feito sem a influência de outro.

Aquele reducionismo filosófico sobre causa e consequência não convenceu Carlos a mudar sua decisão sobre o que tinha vindo fazer no clube.

— Eu podia ter matado um rapaz que não fez nada porque você jogou a certeza na minha cabeça de que eu teria paz depois de vingar a morte da minha filha. Não vou mais entrar nesse jogo! E já que você não pode entregar o que quero, eu tô desfazendo agora o nosso acordo.

Mal expusera a bravata, e a atmosfera pareceu mais densa, como se um perigo ali viesse a intimidá-lo por meio do agouro.

O anfitrião, possesso, ergueu-se da poltrona num rompante e deslizou sobre o ar até agarrar o pescoço do impertinente. Sentado, aparentava ter a altura de meio homem, mas de pé era imponente como um colosso. Olhando o sujeito de cima, esbravejou:

— E você acha que pode romper o pacto que nós firmamos com o toque das nossas mãos?! Eu sempre... entrego... o que eu prometo! E o único caminho pra encontrar mansidão nessa sua alma angustiada é honrar o nosso acordo!

Carlos parecia perder o controle sobre si à medida que encarava aqueles lumes endiabrados. A visão dos tormentos no Abismo, onde almas soluçavam no lago de fogo e enxofre, nunca lhe fora tão concreta. Resistiu o quanto pôde à força daquele olhar, mas a presença esmagadora do estranho vestido apenas com uma túnica vermelha e chifres artificiais o fez desviar o rosto. Sua espreitada pela janela do Inferno foi suficiente para que jamais desejasse aquele fim.

Do mesmo jeito que o prendera pela garganta, o dono da boate o soltou e voltou ao sofá, como se embalado por um sopro vindo das fendas infernais. Novamente sentado, recobrou o cinismo para provocá-lo:

— Não cabe a todo pai enlutado incendiar a centelha de esperança até que o desejo de ver a filha mais uma vez torne possível esse reencontro? O que te impede de acreditar que ela não possa estar aqui na minha casa?

— Eu enterrei a Fernanda — respondeu, derrotado, ciente de que ela havia partido e o que ficara era nada mais que o desejo de ainda tê-la ao seu lado.

— Você enterrou uma jovem de cabelos negros, pálida como mármore e fria como o inverno. É essa a aparência da sua filha que você enxerga com os olhos da lembrança quando aflora a saudade? — contestou, certo de que o triste retrato de um cadáver sepultado jamais seria a imagem imortalizada em sua memória. — Eu a vejo radiante como a estrela da manhã, com o cabelo dourado feito ouro e a pele na cor do bronze. Não é assim que você também a vê no instante em que se acendem as luzes no palco da recordação? — Direcionou o olhar por trás do visitante, com um sorriso escarnecedor, para que ele o acompanhasse.

Carlos, ao virar-se para a pista de dança na penumbra, reparou que um tímido feixe de luz abria caminho nas trevas. Os vultos que oscilavam nas sombras desapareceram sob a presença de um anjo louro sem asas. Era Fernanda, de costas, quem bailava solitária no tablado umbroso como uma bailarina presa à sua caixa de música. Estava com seu vestido florido, linda e inocente, na forma que um poeta a adoraria de joelhos.

— Ela dança no escuro — continuou o desregrado —, livre de qualquer sofrimento mundano, como todos que pagam o preço pra entrar na minha pista. E quando você cumprir o que a gente combinou, prometo que o privilégio de poder encostar na sua filha de novo vai estar ao alcance dos seus dedos.

Ansioso para rever o semblante alegre da sua princesa, o homem aguardou que ela se virasse, mas a garota estava alheia à presença dele; retorcia os braços e a cintura em uma coreografia bizarra, sem prestar atenção a mais nada.

— Eu não sei mais onde procurar — rebateu, tomado pela frustração.

— Porque seus olhos se fecharam pra verdade. O culpado se esconde na falsa virtude de ser atencioso demais para não assumir que um feito seu tenha despertado essa tragédia.

Incitado pela indireta, Carlos expulsou a melancolia e encarou o anfitrião.

— Eu o conheço?

— Você vai saber quem é o condenado no local onde você e sua filha mais gostavam de ver o mar.

Apesar de ser evidente a resposta do enigma, a forma como ele se travestia de esfinge para dourar suas parábolas deixavam-nas confusas.

Por alguns segundos, o pai desorientado tentou imaginar a identidade de qualquer possível suspeito para herdar o rancor reservado a Paolo — e como faria para encontrá-lo no mirante oceânico —, mas ninguém surgiu no caos de suas hipóteses inconsistentes e preferiu acatar o urgente desejo de continuar admirando a filha.

Tornou a se virar de frente para a pista da casa noturna e, rente ao seu rosto, subitamente estava Fernanda, molhada, com os cabelos tingidos de preto, pele cerosa carcomida por larvas, e os olhos opacos de defunta.

18.

CARLOS ACORDOU DE SOBRESSALTO EM SUA CAMA, abalado pela funesta aparência de Fernanda violentada pela morte, roubada de sua auréola de pureza. Respirou fundo, no anseio de afastar da cabeça a imagem da sua menina, para não imprimir na memória a efígie de um cadáver que ressequia na solidão de um túmulo.

Abandonou o quarto com o ânimo de um fracassado que rastejava no barro do próprio revés e alcançou a varanda de frente para o oceano.

Apoiado no parapeito, a brisa marinha roçou entre seus cabelos, e ele encarou o mar. Quis se perder nas ondas, contemplar o vaivém da maré e embarcar na ilusão de uma vida repleta de euforia. No entanto, não conseguia ser embalado pelo sonho de um verão ensolarado; vivia em um inverno de nuvens que corriam negras no céu como um bando de abutres que aguardavam sua carniça.

    Seus pensamentos todos congregavam no presságio do homem fantasiado de Satã; de que encontraria o responsável por selar a depressão de Fernanda no local onde contemplavam juntos a imensidão do Atlântico.

    Pesaroso, rendeu-se à recente profecia e olhou para o lado. À direita, distante, quase inalcançável às vistas, jazia a cruz de cimento cravada nas águas.

19.

A CHANCELA CRISTÃ FEZ COM QUE CARLOS BUSCAS-se auxílio no lugar em que jurara nunca mais colocar os pés. Sua crença subira à força após a morte da esposa, mas era com o suor gelado que tornava a germinar nos incrédulos a semente da fé. Tendo renegado as estátuas do seu santuário, o desespero agora o obrigava a retornar ao seio religioso atrás de socorro.

Deus ter levado Lúcia tão cedo — e Fernanda logo em seguida — era para ele um mistério que mantinha inviolada sua aversão ao sagrado. Embora descrente, imaginou que, por meio da confissão, o Altíssimo talvez lhe cedesse Sua onisciência para que ele encontrasse a quem estava procurando.

Quando cruzou a porta do local de culto, o sino dobrava no alto da torre católica, convocando os fiéis para a celebração da eucaristia no final da tarde.

No altar estava o padre Sérgio em sua veste eclesiástica, atento ao manuseio dos objetos litúrgicos. Entre belos castiçais e um suntuoso crucifixo de bronze, ele terminava de acender o círio quando notou a presença do cunhado no corredor central.

— Carlos!

Surpreso ao vê-lo retornar à casa do Senhor, foi ao seu encontro de braços abertos. O enlutado, apesar de cético quanto ao conforto da religião, permitiu-se ser abarcado no acalanto fraterno. Ficaram abraçados por vários segundos, comunicando-se pelo silencioso idioma do afeto, a fim de abrandar em ambos a dor que compartilhavam. Quando enfim se apartaram, o sacerdote usou a desculpa de querer saber o motivo da visita para fazer uma sugestão.

— Veio falar sobre a missa de sétimo dia da Fernanda?

Nitidamente envergonhado dos seus atos mais recentes, Carlos suspirou e abaixou a cabeça antes de mirá-lo firmemente nos olhos, pronto pra revelar o calvário dos últimos dias.

— Tá com tempo pra ouvir uma confissão?

A feição pesarosa do Cristo crucificado, prestes a entregar o Seu espírito, estava imortalizada na enorme estátua pregada à parede próxima ao confessionário. A visível mágoa em Seu olhar era também o reflexo da decepção por ter morrido para absolver os pecados de homens que não se importavam em continuar transgredindo os mandamentos sagrados a cada nova oportunidade.

Sentados de frente para ela, na primeira fileira dos bancos cercados por vitrais, Carlos era julgado não somente pela imagem de Jesus mas também por Sérgio. Nem mesmo a beleza harmoniosa da Ave Maria ecoando do órgão da igreja foi capaz de conter sua censura ao terminar de ouvir os detalhes da desastrosa epopeia que envolvia carceragem e espancamento.

— Falei que ir atrás desse namorado da Fernanda ia te trazer mais desgosto.

— Eu precisava saber se tinha sido ele.

— Procurar respostas que se foram com a Fernanda não é a melhor maneira de superar o luto. Não é porque ela fechou os olhos pra este mundo que você tem que partir por aí numa cruzada que vai te afastar ainda mais da sua fé.

— Sérgio... — Abandonou a postura acabrunhada. — Eu não tô preocupado com a minha fé. Eu quero honrar a memória da minha filha.

— Pois honre a memória dela guardando no coração os bons momentos que tiveram juntos como um inestimável tesouro que vai te acompanhar pro resto da vida.

Ao empregar o mesmo palavreado doce que os sacerdotes utilizavam para hipnotizar o rebanho, ficou evidente o intuito de Sérgio em querer dissuadir o cunhado de continuar a perseguição. De nada serviria, no entanto, pregar amor a alguém consumido pelo ódio. Tentar salvar uma alma que ambiciona a condenação é a mesma coisa que regar uma pedra e esperar que dela nasça algum fruto.

— Não! Alguém levou a Fernanda a se matar e eu não vou deixar isso de lado até descobrir quem foi! — manifestou com firmeza sua convicção para que não restasse dúvidas de que, apesar de ter ido ao templo de Deus, não se ajoelharia aos Seus dogmas.

— Não tem como saber a profundidade do sofrimento de alguém que faz algo assim. O suicídio é um assunto muito controverso dentro da Igreja... porque não deixa de ser um ato de rebeldia contra Aquele que nos deu a vida. A crença mais comum entre os religiosos é que a alma de quem comete esse tipo de pecado vai diretamente pro Inferno. Mas eu acredito que Deus ainda possa oferecer a oportunidade do arrependimento no Purgatório. Precisamos orar muito pela alma da Fernanda, para que ela encontre a salvação.

A confiança de que existia um lugar de passagem onde pernoitavam os espíritos dos pecadores era um alento cristão àqueles que, no seu íntimo, sabiam que um ente querido estava destinado ao fogo. Em Carlos, porém, já era morta a esperança de que Fernanda aguardava na fila do Céu para que São Pedro lhe abrisse os portões do Paraíso. Sua preocupação como pai, ao lembrar-se da placidez que sentira ao vê-la dançando imperturbada no Clube Inferno, era outra.

— E se ela estiver feliz, Sérgio? — expôs com receio.
— No Purgatório?
— Ou em outro lugar.

A alusão de onde sua filha estava era evidente, mas as muralhas religiosas erguidas contra a heresia fizeram o padre demorar alguns segundos para entender a insinuação. Ao compreendê-la, ficou abismado.

— Carlos, não há dor nenhuma nesse mundo que te permita insinuar esse tipo de blasfêmia aqui dentro da igreja! Eu entendo a sua revolta, mas esse comportamento vai acabar te afundando ainda mais no pecado.

— Se pecar for o que eu preciso pra descobrir o culpado, te digo agora que eu nunca quis ser santo! — Seu revide categórico atestava o insulto de preferir arder no enxofre abraçado à vingança a descansar nas nuvens sob a graça do perdão.

— Isso é o Diabo te tentando com uma inversão de valores porque viu que você tá se afastando do seu berço cristão. Ele tá se aproveitando da sua fraqueza pra sussurrar essas provocações no seu ouvido. Mas eu sei que você pode reencontrar a fé e voltar a crer no caráter bondoso de Deus. Só que pra isso você tem que tirar da cabeça essa sua obsessão de encontrar alguém pra condenar pela morte da Fernanda, porque não existe essa pessoa que você tá procurando — tornava a insistir na hipótese de que pesava sobre os ombros da sobrinha a responsabilidade pelo suicídio. — Esse pensamento mentiroso foi colocado pelo Diabo na sua cabeça como estratégia ardilosa pra roubar mais uma alma destinada ao Paraíso.

Embora o choro fosse considerado a maior forma de expressão dos sentimentos, era na apatia que Carlos se debruçava. Seus ouvidos estavam surdos às palavras de Sérgio, pois conhecera a faceta mórbida do Todo-poderoso desde que fora fadado a habitar a solidão. Quando rogara aos céus por ajuda, no fundo do poço, apenas seu próprio eco respondera. Por isso, já fazia algum tempo que decidira não mais se prostrar a uma deidade que não lhe dava retorno.

O eclesiástico continuaria despejando o sermão sobre a malícia do Canhoto se não fosse o vozerio dos devotos que começavam a chegar para a missa.

— Vou incluir o nome da Fernanda já na cerimônia de hoje — disse o padre ao se levantar, seguido do cunhado. — Podemos pensar em algo especial pra de sétimo dia? Quer me encontrar mais tarde pra falarmos sobre isso depois da missa?

— Sérgio, eu não sei se eu...

— Pela Lúcia, Carlos — insistiu no pedido ao perceber que ele queria se esquivar. — Ela gostaria que a filha tivesse a oportunidade de ir pra um lugar melhor, como ela foi.

Sem disposição para seguir com ritos de pós-morte que não via mais sentido, o enlutado hesitou em aceitar o apelo. Porém, em respeito ao nome da esposa devota, evocada na conversa, concordou.

— Pela Lúcia, então.

Um sorriso reluzente se abriu no rosto de Sérgio como forma de agradecimento. Com o branco dos dentes à mostra, apoiou a mão no ombro de Carlos e sugeriu um local para se encontrarem.

— Na plataforma de pesca?

— Plataforma? — Arregalou os olhos ao sentir retumbar no crânio o aviso do anfitrião da casa noturna.

— Não é onde você mais gostava de ir com a Fernanda? Pode ser um bom local pra dar um encerramento a essa dúvida que você tem no coração.

Com a palma encostada no peito do cunhado, o pároco se despediu e foi receber os beatos.

Carlos, petrificado frente ao nefasto juízo que se agigantava em suas entranhas, sentiu mais uma vez o mundo girar. Por todo aquele tempo, o verdadeiro culpado podia estar mais próximo do que ele pensava e ser alguém de extrema confiança, que se banhava do bálsamo cristão para disfarçar o miasma dos seus feitos sórdidos.

20.

CORROÍDO PELA ESTARRECEDORA POSSIBILIDADE DE que o abusador estivesse no seio familiar, Carlos chegou ao apartamento antes mesmo de os vapores azulados escurecerem o horizonte e correu à mesa de granito onde murchavam os crisântemos do funeral da filha.

Instigado pelo conselho que recebera na primeira visita ao Clube Inferno, apanhou o telefone com o chip de Fernanda e foi se sentar na poltrona da sacada, enquanto imaginava o endiabrado anfitrião gargalhar da sua inocência.

Fora-lhe dito que encontraria o nome do responsável entre as conversas, mas embora afoito para saber a verdade, o carinho que tinha pelo parente o inibia de ligar o aparelho. Sempre vira em Sérgio um homem digno, correto em seus valores como servo de Cristo, e descobrir que o traje religioso nada mais era que um verniz para esconder sua índole perversa seria mais uma peça de mau gosto pregada por Deus.

A promessa de desempenhar as funções do sacerdócio, depois de se ajoelhar diante de um altar ao som da Ladainha de Todos os Santos e de ser ordenado por um bispo, deveria ter como motivação a honra de presidir a eucaristia, não o desejo de se aproveitar de jovens fragilizados e burlar o celibato.

O cunhado fervoroso nunca dera motivos a Carlos para desconfiar que as demonstrações de afeto poderiam ser algo a mais do que o simples amor de um tio pela sobrinha, mas em suas mãos suadas e vacilantes estava o instrumento que lhe traria os fatos.

Nervoso, acessou o aplicativo de conversas e encontrou as mensagens de áudio que Fernanda e Sérgio haviam trocado algumas horas antes de ela se matar. Ele as tocou com o volume no máximo e escutou a voz chorosa da filha:

FERNANDA: Vou ver, tio. Mas acho que não. Sei lá... A morte da mamãe fez eu repensar muita coisa, sabe? Tudo aqui mudou depois que ela foi embora.

SÉRGIO: Sua mãe não ia querer que você se afastasse da Igreja, minha querida. Dê uma nova chance a Deus pra Ele tirar essa sua dor.

O tom manso empregado pelo padre, embebido da fleuma cristã, soava como o sussurro de um anjo doutrinando uma apóstata.

FERNANDA: Eu achei um lugar que tá me ajudando. Às vezes nem lembro de ter saído de lá e já quero ir de volta. É meio escuro, meio barulhento... Não dá pra explicar, tio, mas eu não consigo pensar em mais nada além de querer ficar dançando, sabe? O preço nem parece mais tão caro.

SÉRGIO: Faz bem em distrair a cabeça, minha querida. Só não se perca. Se quiser se sentir abraçada de verdade, a porta da igreja tá aberta e a luz do confessionário, sempre acesa pra você.

FERNANDA: Ah, tio... se eu fosse confessar seria por causa de pensamentos ruins que eu não queria ter. E nem sei se adianta muito... pedir perdão antes de pecar.

A resposta de Fernanda veio embargada, mesclada ao lamento.

SÉRGIO: Se houver um empenho para o futuro, com a firme vontade de não cometer o pecado, sim. A tentação nos seduz a um mau pensamento que, se for concebido, transgride as leis de Deus. Falar sobre isso com alguém pode te impedir de violar um mandamento sagrado.

FERNANDA: Não dá pra conversar com quem não te vê, não te escuta... É como se eu não existisse, tio!

SÉRGIO: Não fala assim, Fernanda. Deus sempre olha por nós e entende a nossa dor mais do que ninguém. Tanto Ele sabe disso que nos enviou o Espírito Santo, que chora conosco, intercedendo ao Pai por nós com gemidos inexprimíveis. Quando sofremos, mas confiamos em Deus e cremos que Ele nos dará o consolo, ficamos longe da depressão e da loucura. Não quer vir aqui em casa me encontrar pra conversar antes da missa?

Até então o diálogo resguardava Sérgio das suspeitas, mas ao requisitar a presença de Fernanda em um ambiente sem testemunhas, isso fez a expressão de Carlos ser dominada por uma cólera crescente que lhe saltou as veias da testa.

FERNANDA: Obrigada, tio. Talvez seja isso mesmo que eu precise; tentar superar de outro jeito. Acho que vou aceitar o convite.

SÉRGIO: Ótimo, minha querida. Vou te esperar aqui em casa, então. Daí vemos se você me acompanha depois até a igreja.

O pai encarou o mar e quis berrar do fundo dos pulmões até que a maré recuasse, mas ficou em silêncio. Nutriu nas vísceras o fel da sua mágoa e aguardou, anestesiado, o momento em que libertaria do peito a sanha que o sufocava.

21.

A LUA PRATEAVA AS ÁGUAS QUE TENTAVAM ENGO- lir a plataforma de pesca com o balanço da maré noturna. As pilastras de cimento eram atingidas pela força das ondas, e a extensa passarela erguida no Atlântico recebia os respingos da sua fúria.

O ambiente estava ermo como um mausoléu abandonado, lançado às traças do tempo frio. Apenas Carlos encontrava-se na paisagem sombria, no centro da cruz, à mercê do sereno gelado da noite.

Havia uma densa nuvem ante suas vistas, comum aos padecentes que perambulavam nas trevas, que o impedia de enxergar algo além do desejo por retaliação. Agarrado à promessa de vingar a filha, travava em seu espírito a terrível luta entre o dever e o remorso.

Ao ver Sérgio se aproximar, de olhos no chão e com a mão no crucifixo do colar como se orasse em silêncio, aguardou até que ele estivesse ao alcance das mesmas luzes amareladas dos postes que o iluminavam e colocou no viva-voz do celular a última mensagem da conversa incriminadora.

```
Ótimo, minha querida. Vou te esperar aqui em casa, então.
Daí vemos se você me acompanha depois até a igreja.
```

O padre, pego de surpresa pelo áudio, parou a alguns passos de distância, ressabiado com a estranha postura do cunhado, que já guardava o telefone no bolso da calça.

— Era por isso que você não queria que eu fosse atrás das coisas da Fernanda? — perguntou o pai, visivelmente abatido.

— Como assim, Carlos?

— Aquele seu falatório enfeitado sobre eu reencontrar a minha fé pra superar o luto, pra eu largar minha obsessão de procurar um culpado que só existia na minha cabeça, foi pra esconder essa conversa que vocês tiveram?

Em seu rosto rolavam fios de lágrimas que ele não se importava em secar. A decepção de imaginar que a confiança da filha no tio havia sido estilhaçada pela devassidão da carne fazia-o se afogar em soluços.

— A Fernanda começou a trocar muitas mensagens comigo depois que a Lúcia faleceu. Eu te falei isso no outro dia — lembrou-o, fazendo referência ao encontro no banco de frente à praia, quando ele mesmo revelara o fato. — Senti que ela tava perdida e estendi a mão pra tentar trazê-la de volta aos caminhos de Cristo.

— Por que você mandou ela ir pra sua casa e não pra igreja? — continuou com o inquérito, buscando em seus olhos algum resquício de culpa que o entregasse.

— Pela mágoa que ela tinha de Deus, por Ele ter chamado a Lúcia pra se unir à corte celeste tão cedo. Não achei que a Fernanda fosse me encontrar se eu sugerisse conversar no templo. Como sacerdote, ofereci o confessionário, caso ela quisesse receber o sacramento do perdão; mas, como tio, preferi que ela ficasse à vontade pra desabafar.

Carlos quis acreditar naquelas palavras, mas estava surdo à justificativas embelezadas pela retórica cristã, que tanto soavam como desculpas. Ainda que nutrisse pelo parente o amor semelhante ao de um irmão, precisava ter certeza da verdade.

— Ela te acompanhou até a igreja depois? Alguém viu vocês dois juntos?

Um silêncio desconfortável anunciou a desconfiança do padre de que o motivo de estarem na plataforma não era o mesmo que tinham combinado.

— Por que você tá me fazendo essas perguntas, Carlos? A gente não veio conversar sobre a missa de sétimo dia da Fernanda? — Levou as mãos à cintura, incomodado pela súbita inquisição que, nitidamente, buscava induzi-lo a admitir algo.

O pai, exausto de ocultar a suspeita, implorou aos prantos:

— Sérgio, por favor, me fala que você não foi a última pessoa a ficar sozinha com a minha filha.

— Eu não sei se fui a última pessoa! — exaltou-se ao sentir que estava sendo réu de um julgamento ancorado em suposições. — Eu insisti pra que ela me acompanhasse ao menos até a porta da igreja, pra tentar convencê-la a se confessar, mas ela não quis! Ela tava nervosa pra ir embora. Disse que queria ir dançar e que...

— A mentira também fecha os portões do Céu que você tanto quer — evocou o oitavo mandamento sagrado para insultá-lo e, em seguida, apresentou as supostas provas da sua acusação: — A palavra de um religioso que se declara inocente... não é mais forte que a de um laudo do IML que aponta um culpado.

— Carlos... não sei o que você acha que eu fiz, mas tenha no seu coração a certeza de que eu não passo um dia sequer sem ler ao menos um salmo de arrependimento por tê-la deixado ir embora sozinha. Mesmo com a presença de Cristo em mim, eu esbarrei nas minhas limitações como ser humano e não fui capaz de ajudá-la no momento em que ela mais precisou. — Vestiu o manto da queixa e assumiu o fracasso: — Eu falhei! Falhei com ela, falhei comigo...

— Você falhou com seu Deus! — atravessou as lamúrias de forma rude e o jogou na vala dos piores pecadores. No seu tribunal, sentenciava-o ao sétimo círculo do Inferno, onde ficavam os estupradores. — Eu sei o que você fez com a Fernanda... eu sei. E eu não tenho a virtude cristã de te perdoar pelo que você fez com a minha filha.

— Pela misericórdia de Cristo, não me perdoar pelo quê?! Por não ter libertado a Fernanda dos maus pensamentos que a induziram ao pecado? Eu falhei na minha responsabilidade com Jesus de proteger o Seu rebanho, mas... a minha culpa no suicídio dela é muito menor que a sua!

Ao inverter a acusação, Sérgio viu transbordar pelos olhos do cunhado toda a ira represada. A desesperada manobra de defesa apertou o dedo de Carlos no gatilho da cólera e ele disparou com os punhos fechados na direção do padre.

22.

NA ESCURA VIELA, EM FRENTE AOS FAUSTUOSOS MU-
ros do Clube Inferno com sua soberba gárgula sobre os umbrais da entrada, Carlos entrançava as pernas numa peregrinação abatida, como se vagasse errante pela trilha do arrependimento.

Ao contrário do que imaginava, o sabor da vingança era amargo. Imaginou que após defender a honra da filha ficaria inebriado pelo triunfo, mas o que sentia no peito era a azia do infortúnio. De corpo exaurido e espírito quebrado, seu olhar parecia morto; perolado e fixo no vazio. Não enxergava nada além das lembranças do crime, marcado pelo sangue nos punhos machucados e na roupa suja tingida de vermelho.

O primeiro ataque fora impetuoso e certeiro. Seu murro quebrara o nariz de Sérgio, como um machado arrebentava um graveto, e o padre desabara, atordoado. Sem misericórdia, Carlos ajoelhara-se sobre ele e, descontrolado, castigara-lhe o rosto.

A desforra virulenta era revivida a cada passo dado na casa noturna entre as almas que lá dançavam inscientes da sua presença, embaladas pela sonoridade sombria. Absortas em seus próprios devaneios, aparentavam coexistir em uma realidade paralela onde não eram perturbadas por nada.

As batidas da ensurdecedora música gótica sincronizavam-se à recordação dos golpes brutais que o homem enlouquecido acertara na cara do padre. Incessantes e desgovernados, os socos lhe arrancaram os dentes e a simetria, colorindo de roxo sua pele inchada.

No andar mais baixo do Clube Inferno, sob as arandelas douradas que iluminavam a saleta onde a danação de Carlos tivera início, o anfitrião o aguardava confortavelmente em sua cadeira. A satisfação que ostentava ao vê-lo se aproximar converteu-se em um largo sorriso de orelha a orelha, revelando para quem quisesse ver os dizeres gravados na vistosa placa de metal em seus dentes. Entalhada na prata em letras maiúsculas estava sua alcunha profana: DIABO.

Isolados no coração da plataforma de pesca no meio do mar, Carlos abrandava sua agressão ao cunhado indefeso estirado no chão. Exauria-se o vigor dos seus braços na mesma intensidade em que recobrava a consciência.

O pranto ganhou o palco ao perceber o que fizera, e ele escondeu o rosto com as mãos em desalento. Sérgio não tinha seu sangue, mas era da família. E seu rogo para que, ao menos, fosse ouvido era o mínimo que merecia. Entretanto, tinha sido privado desse direito e recebera a pena capital sem chance de defesa.

O padre, de braços estirados na cruz de cimento, como se estivesse crucificado, era para ser um símbolo de reparação pela morte de Fernanda, mas o pai vingado tomava-o como maldição. Carlos sentia como se Deus e o Diabo estivessem em seus ombros lutando por sua alma, e que o peso do anjo rebelde era mais forte.

Um tímido sussurro, quase inaudível, brotou dos beiços estourados do homem espancado. O sopro da existência ainda não o tinha abandonado e ele usou a pouca energia que lhe restava para fazer uma última oração:

— Querido Deus Pai, com confiança coloco-me em Tuas mãos, porque em breve deixarei este mundo. Acolhe-me em Teu lar eterno, perdoa todos os meus pecados, para que eu possa Te contemplar face a face e desfrutar para sempre do Teu amor.

Buscando compreender o que era o murmúrio sofrido que saía daqueles lábios convulsos, o agressor aproximou o rosto a fim de escutá-lo e sentiu a palma do cunhado apoiar-se em sua nuca para abrigá-lo perto de si.

Quando a lâmpada da vida está prestes a se apagar, as verdades mais dolorosas são expostas no intuito de se tornarem uma chave para entrar no Paraíso. E naquele instante, à beira do falecimento, o que Sérgio segredou ao cunhado no pé do ouvido foi tão angustiante que fez Carlos parar por um segundo, incrédulo, e realimentar o fôlego da sua fúria, traduzida em um novo rompante de violência.

No Clube Inferno, embaixo das espessas sobrancelhas escuras lampejaram sobre Carlos os olhos bicolores do anfitrião encarando-o com uma satisfação explícita. Ele ajeitou o manto escarlate que lhe caía dos ombros e não disfarçou o prazer de provocá-lo:
— Se veio sujar minha pista de dança com essa roupa encardida e o couro manchado de sangue, imagino que tenha encontrado o homem que procurava.
Quebrantado, o visitante respirou fundo como se buscasse no ar algum tipo de remissão pelo seu ato, mas o mormaço nos porões da casa o queimava mais na chama de seu martírio.
— Você me deu o responsável pela morte da minha filha, e eu fiz o que me pediu.
Ainda que em seu coração morasse algum pesar, não oferecera a Sérgio uma prece de passagem. O ápice da desforra, depois de tê-lo surrado até sentir seu suspiro desvanecer, fora dar-lhe o mesmo fim de Fernanda.

Ao cunhado nocauteado na plataforma de cimento, Carlos queria que só os peixes fossem visitá-lo; os peixes e os vermes. Ele arrastou o cadáver à borda da mureta e o apoiou como pôde no parapeito de proteção. Sem hesitar, ergueu suas pernas e o lançou ao mar. Entretanto, na sua expressão, ao confrontar as águas turvas que engoliram o defunto, não havia serenidade.

    Aquela falta de brilho no olhar, mesmo depois de ter alcançado o objetivo que perseguira com tanta tenacidade, foi trazida até seu encontro com o anfitrião, que notou sua tristeza.
    — E o remorso que agora te dobra as costas com o peso dessa morte? É um fardo mais leve do que o anterior pra sua alma castigada ficar carregando?
    — Do que te importa o meu remorso? Paguei a minha parte do acordo. Agora quero falar com a minha filha.
    — E por que eu deveria permitir esse reencontro? Os portões da minha casa estão abertos a qualquer um que elimina um servo de Deus. E não foi por isso que apertamos as mãos.
    Nos punhos em carne viva, Carlos encarou a prova de que havia cumprido o combinado, e não aceitaria pretextos maliciosos cujo sádico propósito era não lhe entre-

gar sua recompensa. Ter matado um representante da Igreja, inimigo da índole satânica que aquele demônio em forma de homem desprezava, em nada correspondia à promessa que ele lhe fizera.

— Você me mostrou que a Fernanda tá nessa pista de dança e me disse que eu poderia encostar nela de novo se honrasse o nosso trato. — Apresentou-lhe as nódoas do seu crime e protestou: — Eu só não entendi por que você me mandou ir atrás de outra pessoa se já sabia quem era o responsável desde o começo. Todas as direções que você me apontou só me levavam cada vez mais pro abismo. Eu preferia ter vingado a Fernanda sem saber que ela tinha se matado.

A um pai disposto a massacrar qualquer um pela honra da filha, melhor seria dar-lhe um falso culpado que alimentasse seu ego do que uma verdade inconveniente que o consumisse. Enquanto considerara Paolo como suspeito de assassiná-la, parecia existir um propósito no desagravo; mas ao descobrir que havia sido sua menina quem decidira beijar a morte, seu coração fora maculado por um luto sem cura. Mesmo agraciado com o cadáver do cunhado afundando no oceano, ele não sentia paz de espírito.

— E onde tá escrito que a vingança vem sem autodestruição? — O anfitrião esbanjava desdém. — Os pensamentos desprezíveis que enferrujam a alma dão força para os atos odiosos. E não foi isso que você me prometeu fazer em troca de eu lhe entregar o culpado? — Encarou-o com o olhar penetrante, evocando a certeza de que jamais lhe escondera qual seria o tributo por executar a punição. — Já da primeira vez que você parou na minha frente com essa cara de miserável, eu te falei onde encontrar o nome que você queria. Se antes a verdade foi rejeitada por causa desse teu ego paterno equivocado, ela deveria, ao menos, ser considerada depois de sair dos lábios de um homem de Deus no seu leito de morte.

O escárnio na voz do endiabrado só não era mais perturbador que sua desconcertante onisciência. O homem de chifres de plástico despontando no cabelo rastafári palestrava como se tivesse observado Sérgio em seus momentos finais, mas Carlos — abismado — estava certo de que na plataforma de pesca só o céu e o mar haviam testemunhado o que lhe fora confidenciado.

Na iminência da morte, o que o moribundo com o rosto desfigurado murmurara posteriormente à reza derradeira não tinha sido sua confissão.

— Quando a Fernanda me falou que foi abandonada, Carlos... não foi por Deus. Foi por você. A culpa é sua.

Foram essas as palavras que reacenderam a flama da cólera no pai em luto. Ser apontado como legítimo culpado pela morte da filha era demais para suportar. Por isso ele resolveu calar aquele eco quebrando a boca do emissário com murros descarrilhados.

Colocado como réu em um julgamento onde se via como vítima, o homem confuso repudiou a acusação entre gemidos abafados.

— Não... não... O Sérgio mentiu pra não assumir que abusou da minha filha.

— Um padre que desperdiçou a vida ajoelhado aos dogmas da Igreja não arriscaria perder a entrada no Paraíso transgredindo o oitavo mandamento sagrado nas suas últimas palavras — zombou o anfitrião, com sua lógica incontestável e sorriso retrincado. — Você, de fato, discorda da culpa que te cabe no suicídio de Fernanda?

— Eu jamais prejudicaria a minha filha! — gritou, a fim de calar a própria consciência. — Tenho certeza de que nunca fiz nada que a levasse a pensar em tirar a própria vida.

— Fazer nada muitas vezes é tudo que precisa ser feito pra destinar a alma de alguém ao Inferno. Principalmente no luto. Sentir-se invisível é o pior dos desgostos pra quem clama por atenção.

Sangrou em Carlos a chaga da recordação. A frase que seu cunhado lhe dissera de frente à praia, enquanto afogava as mágoas nas ondas do uísque envelhecido, mudaram de sentido.

"Algumas pessoas precisam conversar pra superar o luto, enquanto outras se fecham e não conseguem enxergar a dor nem de quem tá do próprio lado."

Tal afirmação nunca fora sobre Fernanda. Não era ela quem não enxergava a dor do próximo, e muito menos quem fizera do silêncio um abrigo impenetrável. Até mesmo as reclamações nas mensagens de áudio que ela trocara com Sérgio antes de cometer o suicídio ganharam um novo contorno.

Não dá pra conversar com quem não te vê, não te escuta...

É como se eu não existisse, tio!

Esse desabafo desiludido ao padre, que havia tentado acalentar a sobrinha nos acolhedores braços da fé por meio de metáforas cristãs sobre a salvação, também não se referia a Deus. Era outro quem ela gostaria que a visse e a escutasse.

Confinado às lembranças reveladoras, o homem nem sequer piscava enquanto o anfitrião continuava a alfinetá-lo.

— Como pai atencioso e cheio de amor que a tua pretensão te faz crer que é, você consegue lembrar de como eram os cabelos de Fernanda na última vez que a viu enchendo de ar os pulmões? Ou se no ombro delicado ela já tinha o meu selo tatuado na pele?

Semelhante a um efeito de regressão numa sessão de terapia, a memória seletiva de Carlos rasgou a mortalha da omissão que encobrira a verdade.

A cada sol e lua que surgiam no céu após Lúcia ser levada pelo câncer, o marido desolado encontrava na bebida a razão dos dias. A garrafa de malte era o corpo que ele tinha começado a idolatrar e seu gargalo, os lábios que beijava com ardor. Sua nova paixão o tornara míope às mudanças da filha, tanto que na tarde em que passou sentado na varanda, encarando o mar e abraçado ao uísque, mal percebeu a presença dela, implorando para ser notada.

— Pai? Acho que eu vou sair, mas se você quiser fazer alguma coisa... eu posso ficar — disse ela, com o dedo entrelaçando os cabelos úmidos recém-tingidos de preto, na expectativa de alguma reação.

Qualquer bronca ou elogio serviriam para que não partisse, só que a resposta recebida foi a completa indiferença.

Em outra das inúmeras manhãs ocupadas pelo desagradável silêncio, Fernanda havia se envolvido no preparo de um desjejum com diferentes tipos de grãos, na esperança de que pudesse trocar algumas palavras com o pai. No entanto, era da aguardente o sabor com que ele se embriagava assim que acordava. Apático aos esforços da filha, Carlos passou direto pela mesa do café em direção à sacada, sem nem reparar no curativo da tatuagem no ombro da jovem, exposta de forma proposital.

Desenganada já na sua última tarde entre os vivos, a garota ficou plantada à mesa da sala por horas a fio, sozinha até quase anoitecer, perdida em pensamentos sombrios. Vestindo o folgado moletom cinza com o qual seu corpo seria encontrado na praia, seus olhos não brilhavam como antigamente; pareciam opacos como os do defunto que em breve se tornaria.

Com a mãe apodrecendo em uma tumba gelada e escura, enquanto o pai, ausente, entocava-se no escritório, sentia-se abandonada, sobrevivendo de migalhas. Por mensagens de áudio, ela reclamou ao tio que não dava para conversar com quem não a via ou a escutava, mas estava disposta a se empenhar um pouco mais antes de desistir.

Um simples aceno do homem em quem ela sempre se debruçara para tirá-la das aflições bastaria para salvá-la. Compartilharem do aperto no peito causado pela ausência de Lúcia talvez fosse o remédio para o luto de ambos. Porém, assim que Carlos cruzou a porta, caminhou em linha reta até o quarto, cabisbaixo e mudo, sem ver o rosto desiludido da filha tomado pelo pranto.

Fernanda não tinha mais ninguém.

A imagem da sua menina de fios louros acetinados, o oval das faces ruborizadas e lábios em madrepérola, desapareceu. Seu corpo de bailarina, outrora ressaltado pelo vestido florido, escondia-se agora em um moletom largo e sem cores. O pai, finalmente, a enxergava como ela era em seus últimos dias.

O choro que transbordava na face, embargado pela baba grossa que lhe escorria da boca, seria capaz de comover o coração mais cruento. O anfitrião, contudo, se entretinha ao torturá-lo.

— Foi pelo próprio pai que a Fernanda caiu de joelhos e me implorou com lágrimas nos olhos pra ser vista em sua dor mais profunda. Prometi à sua filha que você moveria montanhas pra chegar até ela. Que negaria a tua fé e desceria até o Inferno só pra vê-la de novo.

Aos poucos, tornava-se claro quem de fato era aquela excêntrica figura, e que ali, onde firmaram o pacto, o pranto nada mais era do que uma especiaria que realçava o sofrimento.

Carlos interpretou que o suicídio tinha sido o preço cobrado para que ela reconquistasse sua atenção. Justo ele que, se pudesse, a banharia no óleo dos anjos para resguardá-la dos perigos, havia causado tamanha ruína. Queria também estar morto; para não imaginar o momento em que Fernanda visitara a plataforma pela última vez e, no véu do crepúsculo, se atirara às espumas do mar.

De nada adiantou levar as mãos à boca para abafar os soluços. Era impossível esconder o escândalo de um pai atormentado pela certeza de que havia falhado com quem deveria proteger. Só conseguia pensar que tinha condenado a alma da sua filha, e a sua própria, destinando-as às profundezas do Abismo, distante de onde estaria o espírito de Lúcia.

O dono da casa noturna, confiante de que o infeliz já sabia onde estava, revelou com a voz sombria como a do vento à noite nos cemitérios o conhecimento de algo que nenhum homem poderia saber:

— A esperança de ser salva pelo homem que ela mais amava persistiu no coração da Fernanda até seus pulmões se encharcarem de água. Ela prendeu a respiração o quanto pôde, mas o mar, por fim, a invadiu pelos caminhos do ar depois que ela tentou gritar por você. "Pai"... foi a última palavra da tua filha — revelou, com os olhos estatelados esbanjando sadismo e a placa de metal nos dentes reluzindo seu sorriso mordaz. — Agora você sabe de quem é o nome que deveria ter sido visto quando te mandei ir atrás das mensagens no celular?

Com os músculos fatigados e a cabeça em febre, Carlos regressou ao apartamento com as vestes ensanguentadas e abatido pelo feito hediondo que executara. Foi sentar em sua costumeira poltrona na varanda, escorou as mãos machucadas sobre os braços do estofado, e respirou fundo, relembrando com visível incômodo a alegação do cunhado durante o sopro final.

Aquele testemunho sem provas soara como o apelo de um desesperado abdicando da culpa, mas a sombra da incerteza pairava sobre o pai de Fernanda como um implacável fantasma que não o deixaria dormir nunca mais, caso não confrontasse a acusação.

Buscou no bolso da calça o telefone e acessou novamente o aplicativo de conversas. Entre os nomes de Lúcia, Sérgio e Paolo estava o dele; o único sem a marca que confirmava a visualização. Estranhou, pois mal se recordava de quando tinha sido a última vez que recebera um recado da filha... ou de qualquer outra pessoa.

Tão logo as abriu, foi possuído por uma súbita compulsão ao constatar a incalculável quantidade de lamentos que não haviam sido lidos por ele. Os últimos eram do fatídico dia em que a garota decidira pôr fim ao sofrimento, horas antes de desabafar com o tio.

FERNANDA: Não me deixa sozinha. Por favor...

FERNANDA: Eu também tô sofrendo, pai

> **FERNANDA:** Não tô bem. Vc pode voltar mais cedo hj?

> **FERNANDA:** Só queria que a gente voltasse a conversar como antes

> **FERNANDA:** Pode falar?

  O histórico completo da conversa beirava o infinito, e as palavras dolorosas de Fernanda pareciam escritas com seu próprio sangue. Quanto mais ele arrastava a tela, mais apelos melancólicos apareciam. Cada frase não respondida perfurava o coração de Carlos como navalha, matando-o aos poucos, porém ele persistiu até alcançar as primeiras mensagens, enviadas logo depois da morte de Lúcia.

> **FERNANDA:** Tô com saudades da mamãe. Vamos fazer algo que ela gostava?

> **FERNANDA:** Oi, pai. Podemos conversar qdo vc chegar?

> **FERNANDA:** Pai? Tá por aí?

> **FERNANDA:** Pai...

> **FERNANDA:** Tô indo na plataforma. Me encontra lá

> **FERNANDA:** Cadê? Vc não vem?

  Ser pai era o maior presente que a esposa havia lhe dado e ele correspondia a essa dádiva com um amor imensurável. Não podia aceitar que havia deixado sem retorno todos aqueles recados, mandados ao longo de quase um mês. A justificativa em que preferia acreditar era a de que as mensagens não tinham chegado ao seu celular por alguma razão que não saberia explicar.

Com as mãos suadas e trêmulas de nervoso, pegou o seu aparelho no outro bolso e teve a prova; várias conversas ignoradas acumulavam-se no aplicativo. Entre amigos preocupados oferecendo os sentimentos e familiares distantes implorando por notícias, estava o nome de Fernanda, esquecido no meio da selva de mensagens.

O peso da negligência esmagou sua consciência. Traído pelo luto da inesperada viuvez, a perda daquela com quem ele desfrutara os melhores anos da sua vida o impedira de encontrar a felicidade na pessoa que lhe restava.

Esmorecido, o som que brotou dos seus lábios foi um balbucio surdo, incompreensível, como se não conseguisse sequer puxar o ar que precisava para chorar.

Estava exposta sua falta de empatia por não ter percebido o quanto tinha deixado a filha de lado após cobrirem sua esposa com sete palmos de terra. Era ele quem havia tornado a vida de Fernanda insustentável, refugiando-se no isolamento quando ela mais precisava.

Ciente de que poderia ter impedido aquela tragédia se não tivesse se afundado no egoísmo da própria angústia, assumiu em voz alta o que só ele até então não sabia:

— Eu reconheço a minha culpa.

Palmas jocosas ressoaram do anfitrião para celebrar aquela epifania que pouco lhe importava.

— Tua culpa não serve de nada se você não cumpriu o nosso acordo. Não tô atrás da sua nobreza.

O maldito era inclemente à miséria do coitado, que, esgotado de tanto desaguar, implorou enxugando o rosto:

— Me fala o que eu preciso fazer pra ver a Fernanda.

— A vida do homem que você queria encontrar foi o que eu te pedi em troca — lembrou-lhe e lançou o desafio: — O desejo de ficar com a tua filha vale esse preço?

Reinou sobre Carlos a vontade do endiabrado de ver cumprida a sua promessa. Tal como se o tridente do Canhoto tivesse perfurado seu couro, a fim de arpear das suas entranhas a alma que não mais o pertencia, o pai sentiu fraqueza nos músculos, e seu corpo ficou gelado. Confuso, tentou mexer os membros dormentes e percebeu que o sangue impregnado na pele não parecia ter vindo dos ferimentos nos punhos. Ao erguer os braços com dificuldade, viu as enormes fendas cavadas em ambos os pulsos.

Esparramado sobre a cadeira acolchoada em que remoía a solidão de frente para o oceano estava o homem, já com a vida drenada pelos cortes verticais na face interna dos antebraços. Sua poltrona favorita tornou-se o leito do seu cadáver descorado, armado sobre um piso de azulejos brancos agora redecorados em vermelho. Entre os dedos de uma das mãos pendia o instrumento utilizado para que se juntasse à Fernanda no vale dos suicidas: a faca de Paolo.

Carlos observava, abismado, os ferimentos letais que ele mesmo tinha riscado na pele. Desnorteado, as recordações do momento da sua morte eram obscuras. A imagem da ação de se automutilar até perder completamente os sentidos saía aos poucos da penumbra para ganhar o facho da memória. Sabendo do que sua consciência poluída o orientara a fazer, admitiu que o apartamento se transformara num mausoléu tenebroso, e a varanda, numa capela mortuária onde ninguém velaria o seu defunto.

O anfitrião admirava com entusiasmo a centelha da verdadeira descoberta que lhe interessava; a de que o homem obstinado a fazer de tudo para punir o culpado concretizara sua parte.

— Prometi pra Fernanda que se ela aceitasse meu acordo eu te traria aqui pra ela. E eu sempre cumpro o que prometo — vangloriou-se e apontou-lhe a pista de dança, indicando que se virasse para ver o seu prêmio.

Na escuridão cintilou o rastro de um holofote dourado para revelar mais uma vez a garota no palco sombrio. De costas para o pai, ela contorcia os braços para cima numa estranha dança, na qual parecia querer nadar até à superfície, a fim de acordar da vertigem do afogo.

Hipnotizado pela miragem da filha, Carlos ainda a enxergava como gostaria que ela fosse; loira e com seu gracioso vestido de verão, da maneira que ficara eternizada em fotografias.

— É sempre esse o preço que você cobra? Engana os desesperados e faz eles se matarem em troca de uma redenção ilusória? — questionou, sem tirar os olhos dela, o desfortúnio que mandara ambos ao Inferno.

— Meus caprichos mudam conforme a dor que alimenta minha fome. Eu pedi a sua vida, mas podia ser qualquer outra coisa, como fiz com a Fernanda. O pagamento que eu pedi a ela foi outro.

O endemoniado ainda guardava um segredo. Uma revelação inesperada tão desprezível que selaria a alma do sofrente na perpétua amargura.

Pulsava no pai o receio de perguntar o que era. Contudo, ciente de já estar condenado às trevas, arriscou:

— Que outro?

— Sendo o padre inocente do abuso que você o acusava com tanta certeza, qual a única questão que ainda ficou sem resposta? — retrucou, certo de que ele decifraria a charada.

Carlos, ao compreender o significado da pergunta afrontosa, não demorou para ter o semblante curioso desfigurado pela extrema prostração.

— Não... — Balançou a cabeça, descrente, acometido por um novo luto.

— A Fernanda não pagou sorrindo o que eu pedi. Ela resistiu, como eu esperava de uma jovem que desconhecia a luxúria. Mas ela me deu sua inocência. Esse foi o preço. Ter se jogado ao mar foi uma decisão que ela mesma tomou.

— Não!

As lágrimas reencontraram seu caminho. Ele quis alentar a filha no peito, pedir desculpas e nunca mais abandoná-la. Queria dar à sua princesa de cabelos dourados a coroa de rainha e servi-la com todo o amor que lhe tinha negado nos dias que passaram. Se estivesse ao lado dela nos momentos de desesperança, ela jamais amaldiçoaria a castidade no leito desregrado do Diabo. Mas a ausência do pai a levara a procurar na sarjeta qualquer um que a fizesse se sentir estimada. Tê-la feito caminhar em uma trilha de brasas havia sido seu pior pecado, pois a fez escolher o mar.

Sem saber como reagir, Carlos acompanhava os movimentos de Fernanda. A coreografia daqueles braços o encantava a ponto de abandonar pouco a pouco a expressão de sofrimento e ser tomado por uma inexplicável sensação de conforto.

O anfitrião, atento à crescente serenidade do enfeitiçado, aproveitou para manipulá-lo.

— Você pode entrar na pista de dança quando quiser, Carlos. A mesma escuridão que encobre a sua filha cegará a sua culpa, e a música que sobrepõe a voz do remorso irá silenciar essa dor.

As palavras artificiosas prometiam o alento que o arrependido precisava para cair mais depressa no encanto da persuasiva aparição de Fernanda.

— Pra sempre? — perguntou ele, trazendo ao rosto um saudoso sorriso, e teve como resposta a sentença que o confinaria em seu transe:

— Pela eternidade!

A jovem, movendo-se em um ritmo vagaroso, começou a rodopiar com a delicadeza de uma bailarina, e o pai, enfim, pôde contemplar a face angelical de que tanto sentia falta. Ela estava radiante, bela como sempre fora, e mantinha no olhar sua amável doçura.

Foi de alegria o pranto derramado por Carlos no momento em que a viu erguer os olhos e mirá-lo com a ternura de uma criança que reconhecia o pai quando estava perdida. Feliz como nos retratos, ela deu alguns passos à frente, dominando o foco do estreito facho de luz, e o convidou a embarcar na penumbra com um sorriso irrecusável e braços abertos.

No antro infernal onde os condenados encontravam o tormento, Carlos se considerou um abençoado. Ainda que sua alma estivesse presa ao Abismo, poderia dedicar à filha sua perpétua devoção.

Pronto para ingressar na pista que ofuscava a angústia e emudecia os lamentos, ele deslizou vagarosamente rumo à danação eterna como se flutuasse. Sugado pelas sombras, preparou-se para enlaçar Fernanda num abraço carinhoso e desapareceu por completo nas trevas, sob as ruidosas gargalhadas do anfitrião.

TAMBÉM DO AUTOR:

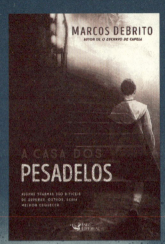

CAMPANHA

Há um grande número de portadores do vírus HIV e de hepatite que não se trata. Gratuito e sigiloso, fazer o teste de HIV e hepatite é mais rápido do que ler um livro.

FAÇA O TESTE. NÃO FIQUE NA DÚVIDA!

ESTA OBRA FOI IMPRESSA
EM JUNHO DE 2021